Louis Schnabel

Seelenkunde, oder im Stillen abgemacht

Lustspiel in 4 Aufzügen

Louis Schnabel

Seelenkunde, oder im Stillen abgemacht
Lustspiel in 4 Aufzügen

ISBN/EAN: 9783743360938

Hergestellt in Europa, USA, Kanada, Australien, Japan

Cover: Foto ©Andreas Hilbeck / pixelio.de

Manufactured and distributed by brebook publishing software (www.brebook.com)

Louis Schnabel

Seelenkunde, oder im Stillen abgemacht

Seelenkunde,

oder

Im Stillen abgemacht.

Lustspiel in vier Aufzügen

von

M. V.

Als Manuskript gedruckt.

New York:
Druckerei des jüdischen Waisenhauses,
76ste Straße, nahe der 3. Avenue.
1873.

Personen.

Stadtrath Gerhardt.
Julius v. Dahlen, sein Neffe.
Matilde v. Dahlen, seine Nichte.
Sparsam, Theaterdirektor.
Amalie, seine Tochter.
Fräulein Ophelia Gruft, Amalien's Erzieherin.
Dr. Theodor Fellmann, Privatdozent.
Flaum, Possendichter.
Frau Zandt, Soubrette.
Lieschen, ihre Dienerin.
Podium, Theaterdiener (hat eine Krümmung der Wirbelsäule).
Sebastian Gruber, ein reicher Seidenfabrikant.
Ferdinand Gruber, sein Sohn.
Thomas, Schaffner auf Stadtrath Gerhardt's Gute.
Diener bei Dr. Fellmann.
Gäste und Diener bei Stadtrath Gerhardt.

Ort der Handlung: Eine große deutsche Provinzialstadt.

Zeit: Die Gegenwart. Der vierte Akt spielt zwei Monate später als die früheren.

Entered according to act of Congress in the year 1873, by
LOUIS SCHNABEL, Publisher,
in the Office of the Librarian of Congress at Washington.

Erster Aufzug.

Erste Szene.

Zimmer in Stadtrath Gerhardt's Hause.

Matilde (allein, mit einer Frauenarbeit beschäftigt, läßt diese in den Schooß fallen). Ich kann nicht arbeiten! Die Ungeduld, die spannende Erwartung macht meine Hände zittern. Wäre Julius nur schon zurück, daß ich wüßte, welchen Bescheid er vom Theaterdirektor erhalten hat! (Pause.) Von diesem Gange hängt das Schicksal meines theueren Bruders ab. — Ach, daß er schon zurück wäre!

Die Vorige. Dr. Fellmann.

Dr. Fellmann (von der Mitte eintretend). Guten Tag, mein Fräulein!

Mat. (sich hastig umsehend und aufstehend). O, wie haben Sie mich erschreckt, Doktor! Ich erwarte meinen Bruder mit Todesangst, und glaubte......

Dr. Fellm. Daß er es ist. Indessen ist es der ungebetene Doktor Fellmann, den man, wie überhaupt jeden Doktor, mit Schrecken und Verwünschung in's Haus kommen sieht.

Mat. (ihm grollend die Hand reichend). Sie böser Mensch!

Dr. Fellm. (halblaut, nach der Thüre deutend). Bist Du ganz allein? (Küßt ihr die Hand.)

Mat. Ja wohl. Der Onkel ist soeben ausgegangen und die Dienerschaft ist jetzt in der Küche beschäftigt.

Dr. Fellm. Das ist sehr schön von Deinem Onkel und der Dienerschaft. Uebrigens, liebe Matilde, könntest Du mir immer ein einfaches Zeichen geben, ob Du allein bist oder nicht. Ist Jemand in der Nähe, so heißt es: „Guten Tag, Herr Doktor! Wie geht's? Viel zu thun?" u. s. w. Sind wir aber vor Ueberraschung sicher, dann heißt es: „Grüß' Dich Gott, mein vielgeliebter Theodor!" Dann folgt Umarmung, ein Kuß ec. ec. (umarmt und küßt sie).

Mat. (ihn abwehrend). Daß Du hier in meinem Zimmer unartig bist, ließe sich noch ertragen, denn (indem sie mit dem Taschentuch nach ihm schlägt) hier kann ich doch wenigstens Rache nehmen ; daß Du mich aber immer und immer wieder vor anderen Leuten neckst, bis mir das Blut in die Wangen steigt, ist recht unbarmherzig von Dir. Ach, wenn Du wüßtest, wie ich zittere, wenn Du so die Pfeile Deines Witzes auf mich richtest, als wolltest Du mich vorsätzlich in Verlegenheit bringen. Ich glaube immer, alle Welt müßte es mir und Dir von den Gesichtern ablesen, was zwischen uns vorgeht ; und oft muß ich unwillkürlich nach meinem Onkel blicken, ob der nicht etwa Verdacht schöpft. O, ich zittere vor dem Augenblick, wo mein Onkel unser Verhältniß erfahren wird, und (seufzend) einmal muß er's doch erfahren.

Dr. Fellm. Sei doch nicht so furchtsam, Kind. Der Teufel ist nicht so schwarz, wie man ihn malt, und die Onkels nicht so schlimm, als sie oft scheinen möchten. Dein Onkel hat es sich in den Kopf gesetzt, Dir nur einen Gutsbesitzer oder Industriellen zum Manne zu geben. Aber Dein Onkel ist trotz seines Fanatismus für die „Produzirenden Klassen" ein guter Mensch, der seine Nichte zärtlich liebt, und mir auch nicht wenig gewogen ist, da ich schon manche glückliche Reparatur an seinem Körper vorgenommen habe. Es wird vielleicht eine kleine Szene geben, in der Dein Onkel den Polterer spielen wird, aber (auf ihre Augen deutend) einige Thautropfen aus diesem blauen Himmel, besonders (mit Nachdruck) wenn hinter diesem Himmel die Entschlossenheit eines liebenden Weibes als gebietende Gottheit thront, und die dünne Eisrinde um das treffliche Onkelsherz wird bald geschmolzen sein.

M a t. Ach, Theodor! Du kennst meinen Onkel nicht. Der klebt an seinen Grundsätzen, wie die Fliege an der Leimruthe. Er glaubt schon außerordentlich liberal zu sein, wenn er meine Wahl nur auf gewisse Lebensberufe beschränkt, und Vermögen, Stand und sonstige Verhältnisse gar nicht in Anschlag bringt. Auch (sich an Fellmann schmiegend) bin ich nicht so ganz ohne Muth, wie ich Dir erscheinen mag, und ich habe schon einige Male gewagt, meinem Onkel einige Bedenken über seinen Entschluß auszusprechen, aber leider ohne allen Erfolg.

Dr. F e l l m. Das ist freilich eine harte Nuß für mich, denn ich könnte mich nie entschließen, meine Kunst aufzugeben, so sehr ihre Bahn auch mit Dornen besät ist, die nur selten von einem Rosenstock getragen werden. Du weißt, Matilde, wie ich Dich liebe; und könnte ich meiner Liebe gewiß jedes Opfer bringen, nur nicht die Vernichtung meiner Persönlichkeit. Ich habe mich so ganz mit meiner Kunst identifizirt, daß ich alles, was ich jetzt bin, nur d u r c h s i e und m i t i h r sein kann. Nimm mir meine Kunst, und ich bin nicht mehr der, der ich war, und bekommst Du mich dann zum Manne, so bekommst Du nicht Deinen Theodor, sondern einen ganz Anderen, einen Dir ganz Unbekannten.

M a t. Das ist es eben, was mich bange macht. Ich weiß, daß sich hier zwei harte Steine aneinander reiben müssen, und was soll in der Mitte zwischen beiden aus mir werden?

Dr. F e l l m. Sei nur nicht so ängstlich, mein Mädchen; denn, wenn einer von den beiden Steinen mürbe werden soll, so wird es doch gewiß der ältere sein.

M a t. Aber, wenn der ältere der härtere ist?

Dr. F e l l m. Laß' das gut sein, Kind! Ich vertraue unserer Liebe, dem großen Gott im Himmel und dem kleinen Teufel, der in mir wohnt. Der letztere besonders hat mir schon manchen Streich ausführen helfen, den ich früher selbst für unausführbar gehalten.

M a t. Du nimmst die Sache viel zu leicht, und ich fürchte sehr, Du wirst Dich getäuscht finden.

Dr. F e l l m. Du nimmst die Sache viel zu ernst, und ich hoffe sehr, daß ich Dich auslachen werde. Thue nur, wie ich Dir schon oft gesagt: Vermeide alles, was Deinem Onkel als offene Opposition erscheinen könnte, und setze mich von allen seinen Heirathsmanövern früh in Kenntniß; denn eine gute Recognoszirung ist ein halber Sieg.

M a t. (sich entsinnend). Aber, wo bleibt mein Bruder so lange?

Die Vorigen. Julius v. Dahlen.

J u l i u s (von der Mitte eintretend, scheinbar gleichgültig). Guten Tag, liebe Schwester! Guten Tag, Theodor!

M a t. (die ihm erwartungsvoll entgegengeeilt ist). Nun, lieber Bruder! — Du schweigst? — O, meine Ahnung!

J u l i u s. Ahnung? — Kann ein so geringfügiges Ereigniß, wie die Zurückweisung einiger Bogen beschriebenen Papiers, der Gegenstand einer Ahnung sein? Du treibst den Aberglauben zu weit, liebe Schwester! — Als P o e t v o n G e s t e r n will ich gerne jeder Gefühlsrichtung ihre Berechtigung lassen; ich will zugeben, daß es geheime unerklärliche Gefühle giebt, die uns gewisse Ereignisse a h n e n lassen, die für unser ganzes Leben oder für die menschliche Gesellschaft von hoher Bedeutung werden sollen; — aber hat es Dir je geahnt, wenn Dein Stubenmädchen Dein Riechfläschchen zerbrochen oder Dein Mops Deinen Teppich beschmutzt hat? — Und mein Manuskript, das mich bloß einige Pfennige für Papier und Tinte gekostet, und nun nicht Einen Pfennig werth ist, sollte Dir eine Ahnung verursacht haben? — Bah!

Dr. F e l l m. Du zwingst Dich gleichgültig zu sein, lieber Freund, und dieser Zwang zeugt nur von Bitterkeit. Erzähle uns ruhig, wie es herging. Was sagte der Theaterdirektor?

J u l i u s. Der Theaterdirektor? — Der sagte heute gar nichts.

M a t. Aber, er mußte Dir doch eine Antwort geben?

Julius. Das verstehst Du nicht, liebe Schwester. Die Theaterdirektoren geben nur dann p e r s ö n l i c h eine Antwort, wenn sie annehmen, oder mit sich selbst noch nicht einig sind, ob sie annehmen sollen oder nicht; sobald sie aber entschlossen sind, ein Stück n i c h t anzunehmen, so s c h r e i b e n sie dem Verfasser, wenn sie ihn schonen wollen, oder l a s s e n ihm durch e i n e n i h r e r B e d i e n t e n antworten, wenn sie ihn verachten zu dürfen glauben.

M a t. (ängstlich). Und wie antwortete Dir Sparsam?

J u l i u s. Durch seinen Bedienten F l a u m.

M a t. Aber das ist ja abscheulich!

J u l i u s. Ich sage Dir ja, liebe Schwester, Du verstehst nichts von Theater=angelegenheiten, und es wundert mich gar nicht, daß ich, als Dein Bruder, nicht im Stande bin, ein brauchbares Bühnenstück zu schreiben.

M a t. (verletzt). Du wirst bitter, lieber Bruder, bitter gegen Deine Schwester, die mehr leidet als Du.

Julius. Bitter! Ja wohl, bitter, liebe Tilde! Das ist die A u t o r e n = e i t e l k e i t, d i e v e r l e t z t e A u t o r e n e i t e l k e i t. Diese kann ein Lamm in einen Tiger, eine fromme Seele in einen Teufel verwandeln. Frage nur den D r a = m a t u r g e n F l a u m, der wird Dich über diesen Punkt schon belehren. O, diese verletzte Autoreneitelkeit rast in mir wie ein angestochener Eber, und ich bin nicht mehr Dein sanfter, gutmüthiger Bruder Julius, der keinem Insekt ein Leid zufügen konnte, sondern ein Ungeheuer, ein Kannibale, der weinende Wei'ber mit Ohrfeigen, und lächelnde Säuglinge mit Fußtritten traktirt. Mit einem Worte: Ich bin ein i n s e i n e r E i t e l k e i t v e r l e t z t e r A u t o r. Du staunst, Mathilde? — Geh' nur zu Flaum, der wird Dir dies alles bestätigen; und Flaum muß diese Dinge wohl ver= stehen, denn er ist ein erfahrener Bühnendichter und das Alterego des Herrn Theater= direktors Sparsam. (Sich in einen Stuhl werfend und lachend) Ha! Ha! Ha! Bitter, ja wohl, bitter! (Woranf er in sich selbst versunken bleibt.)

M a t. (ängstlich zu Fellmann, der, im Zimmer auf= und abgehend, Julius genau beobachtet hatte). Theodor, lieber Theodor! Was soll d a r a u s werden?

Dr. F e l l m. (halblaut). Beruhige Dich, mein Mädchen! Der Hauptausbruch ist vorüber; wir wollen uns nun den Hergang der Sache erzählen lassen. Indem er das Erlebte in seiner Erzählung noch einmal durchmacht, erhalten w i r ein vollstän= diges Bild des Geschehenen, und e r eine klare Ansicht von seiner Lage. Erst dann können wir mit ruhigem Blute überlegen, was weiter zu thun sei. (Zu Julius tretend und ihm auf die Schulter klopfend) Julius?

J u l i u s (aus seinem Tiefsinn erwachend, matt). Was willst Du, Theodor?

Dr. F e l l m. Du hast uns ja noch gar nicht erzählt, wie sich eigentlich die Sache zugetragen? was Dir dieser Flaum geantwortet, und was Dich so in Aufregung gebracht?

J u l i u s. Gut, ich will erzählen. (Aufstehend) Sparsam hat mich, nach langem Zögern und Verschieben, auf heute nach dem Theaterbureau beschieden, um mir dort eine endgültige Antwort zu geben, ob, und unter welchen Bedingungen meine Tragödie zur Aufführung kommen soll. Ich traf zur festgesetzten Zeit in dem Bureau ein, wo ich, anstatt Sparsam, den Possendichter Flaum vorfand, der, meine Anwesenheit gar nicht beachtend, mehrere Schauspieler und andere zum Theater gehörende Personen mit merklicher Routine und Machtvollkommenheit abfertigte. Ich fand es ganz natürlich, daß Flaum keine Notiz von mir nahm, da wir uns persönlich fremd waren und ich voraussetzen mußte, daß er von meiner Angelegenheit gar keine Kenntniß habe. Denkt Euch nun meine Ueberraschung, als endlich, nachdem Alle abgefertigt waren, Flaum sich zu mir wendet und sagt: „Nun, Herr v. Dahlen, stehe ich zu Ihren Diensten!" — Ich war ganz betroffen, und erwiederte, ich wäre vom Herrn Direktor zu einer p e r s ö n l i c h e n Besprechung beschieden. „Der Herr Direktor," meinte Flaum, „ist heute durch Unwohlsein abgehalten, und hat mich ersucht, die laufenden Geschäfte zu besorgen, und zu d i e s e n gehört auch die Angelegenheit Ihres Manuskripts." Ich bemerkte hierauf ausweichend, daß es mir durchaus auf einige Tage nicht ankomme, daß ich wieder die G e l e g e n h e i t vorsprechen wolle, u. s. w.; aber Flaum brachte mich bald mit der Erklärung zum Schweigen, daß es der ausdrückliche Wunsch des Direktors sei, daß die Sache durch ihn abgemacht werde, was um so leichter geschehen könne, als der Bescheid der Direktion dahin laute, daß mein Stück unter keiner Be= dingung auf der hiesigen Bühne zur Aufführung gebracht werden könne. — Diese Worte waren mit so viel Schadenfreude und Impertinenz gesprochen, daß ich meine bis

dahin bewahrte Ruhe verlor und offen heraussagte, daß es allenfalls ein Uebergriff von Seiten des Direktors sei, einem Dritten Aufträge in einer Angelegenheit zu geben, die allgemein als eine persönliche betrachtet wird. Hierauf maß mich der Mensch mit Augen, die einen Zoll weit aus ihren Höhlen traten; schob mir das vor ihm liegende Manuskript zu und sagte: „Junger Mann, es ist mir leid, daß Ihr Benehmen mich verhindert, Ihnen, wie ich wohlwollend gesonnen war, die Richtung anzugeben, in welcher Ihr Talent vielleicht sich geltend machen könnte. Wie Sie sich aber in Ihrer verletzten Autoreneitelkeit geberden, kann ich Ihnen nur sagen, daß Herr Sparsam vollständig berechtigt war, mir, dem Dramaturgen seiner Bühne, die Beurtheilung Ihres Werkes zu überlassen; daß Ihr dramatischer Versuch eine vollständige Fehlgeburt, daß Ihr Trauerspiel schon in seiner Fabel abjurd, in Tendenz, Motivirung und Styl aber völlig ungenießbar ist." Mit diesen Worten kehrte mir der Dramaturge Flamm den Rücken, und begab sich in's Nebenzimmer, mich mit meinem Manuskripte und meiner geschulmeisterten Autoreneitelkeit allein lassend.
— Dies der Hergang! — (Er setzt sich und wird nachdenkend.)

Dr. Fellm. (nach einigem Nachdenken). Höre, Julius! Ich will Dir nun etwas sagen, was ich Dir sonst vielleicht nie gesagt hätte. Dein dramatischer Versuch ist keine Fehlgeburt, wie Herr Flamm sich auszudrücken beliebt, sondern die kräftige, lebensvolle Erstgeburt eines starken Geistes, der sich mit einem feinfühlenden, wahrhaft dichterischen Herzen vermählt hat. Dein Drama muß einen mächtigen Eindruck auf die Zuhörer machen, und kann nicht verfehlen, zu den besseren Bühnenstücken unserer Zeit gezählt zu werden. Ich spreche, wie Du hörst, kategorisch; allein ich glaube dazu berechtigt zu sein. Ich fühle nicht die leiseste Spur einer poetischen Ader in mir, aber um so stärker ist die kritische in mir entwickelt; und daß mich selbst nie die Lust angewandelt, einen Vers zu machen, ist mir ein Beweis, daß ich ein urtheilsfähiger Leser und Zuhörer bin.

Julius (gereizt). Ich weiß nicht, ob ich Deine Worte als Schmeichelei oder als muthwilligen Scherz hinnehmen soll? — Schmeicheln hab' ich Dich noch nie gehört, wohl aber kann man von Deiner Spottsucht alles erwarten.

Dr. Fellm. Lieber Freund, es wäre besser, wenn Du die Fieberhitze Deiner dichterischen Aufregung durch die kalte Douche der Vernunft zu mäßigen suchtest. Ich habe Dir zwar Schönheiten gesagt, die selbst die größte Kokette etwas aufregen dürften. — Meine gute Matilde würde einen ganzen Monat rothe Wangen davon haben. (zu Matilde) Nicht wahr, mein Mädchen? — Allein darum waren meine Worte nicht minder ehrlich gemeint. Auch habe ich heute einen meiner seltenen Anfälle von ernster Stimmung, und selbst in meiner ausgelassensten Laune habe ich mir mit dem wirklichen Ernste meiner Freunde niemals einen Scherz erlaubt.

Julius (weich). Entschuldige, lieber Theodor, wenn ich Dir in meiner Aufregung Unrecht that. Es ist nicht, wie Flamm sagt, der verletzte Dichterstolz, der mir die Besinnung raubt, sondern das Scheitern meines tiefinnersten Herzenswunsches, die Vernichtung meines schönsten Zukunftstraumes, welche dieser Bescheid des Theaterdirektors in sich begreift. (Fellmanns und Matildens Hand ergreifend.) Ich liebe, theurer Freund und theure Schwester, ich liebe Amalie, das engelgleiche einzige Kind Sparsams, und dieser Liebe wurde heute das Todesurtheil gesprochen.

Mat. (ihren Bruder umarmend). Mein armer, armer Bruder!

Dr. Fellm. Nun verstehe ich Dich, lieber Freund! Ohne diese Liebe wäre die Zurückweisung Deines Manuskripts von Sparsams Bühne nichts weniger als ein Unglück. Du hättest Dein Werk ganz einfach einer anderen Bühne zugeschickt, die keinen Egoisten wie Flamm zum Dramaturgen und keinen Pedanten wie Sparsam zum Direktor hat, und es wäre gewiß angenommen worden. Nun aber kannst Du Dein Stück nicht weiter anbieten, ohne Deine Liebe zu gefährden. Denn fällt es durch, so muß sich Sparsam in's Fäustchen lachen und Dir seine Geringschätzung erst vollwichtig angedeihen lassen; hat es Erfolg, so hat sich der hochweise Herr Direktor blamirt, und ein Pedant wie er kann so was nie verzeihen.

Julius. Doktor! Du bist ein ausgezeichneter Jünger der neuen medizinischen Schule. Du stellst ein haarscharfes Krankheitsbild auf, und deutest auf jede Faser hin, die von dem Uebel ergriffen ist; doch fehlt das Mittel, welches helfen sollte, und Du hast dem armen Kranken mit Deinem gründlichen Untersuchen nur vergebliche Schmerzen gemacht.

Dr. Fellm. Schon um die Ehre meiner Schule zu retten, muß ich jetzt meinen ganzen Scharfsinn aufbieten, um dennoch ein Mittel zu finden, und ich zweifele auch nicht, daß mir das gelingen wird. Für diesen Flaum habe ich übrigens ein Mittelchen bereit, welches ihm „Fabel, Tendenz, Motivirung und Styl" in ganz anderen Farben zeigen soll, und habe ich diesen einmal mürbe gemacht, so kommt Sparsam bald nach. Aber Du, lieber Freund, kannst uns mit Deiner Gegenwart nur schaden, und da Dir selbst in Deiner jetzigen Verfassung ein wirklich helfendes Mittel Noth thut, so rathe ich Dir zur Beruhigung Deines Blutes und Stärkung Deiner Nerven eine Reise zu unternehmen. Du hast schon oft den Wunsch geäußert, einmal die skandinavischen Länder zu sehen. In Deiner jetzigen Zerfahrenheit kann Dir ein kurzer Aufenthalt an diesem Ursitz nordischer Kraft nur wohlthuend sein. Ich kenne einen geborenen Norwegen, der schon lange seine Heimath zu besuchen wünscht, dem aber die Mittel dazu fehlen. Er soll Dich begleiten und Dein Dollmetscher und Cicerone sein. Während Deiner Abwesenheit hoffe ich Mittel und Wege zu finden, den Theaterdirektor umzustimmen.

Julius. Du kennst Sparsam nicht, lieber Freund! Der nimmt sein ausgesprochenes Wort nicht zurück, und wenn die Welt darüber zu Grunde gehen sollte.

Dr. Fellm. Ich kenne Sparsam besser als Du, denn ich bin sein Arzt; und glaube mir, mein guter Junge, Ihr Anderen dürft noch so viel mit Euerer Menschenkenntniß prahlen, so ist es doch nur der Arzt, der seine Menschen wahrhaft kennt. Die Krankheit ist für mich das moralische Negligé des Menschen, wo seine Seele, wie sein Körper, ohne Schminke und Schönheitspfläfterchen erscheint. Sparsam ist erstens der Sklave einer sich selbst auferlegten tyrannischen Konsequenz. Wie er mir selbst sagte, war er früher sehr wandelbarer Natur, und da ihm das bei seinem Geschäfte viele Verlegenheiten bereiten mußte, so sprang er in das vollständige Gegentheil über und machte die Hartnäckigkeit zu seiner Hauptlebensregel, an die er sich mit allen Kräften festklammerte. Zweitens ist Sparsam ein geschworener Feind des Adels, und das kleine „v." vor Deinem Namen ist das rothe Tuch, das diesen demokratischen Stier zur Tollheit treiben kann. Drittens hat Flaum die hiesige Bühne bis jetzt mit seinen Possen beherrscht, die dem Herrn Direktor die Kasse wohl gefüllt. Es liegt daher besonders in Flaums Interesse, das höhere Drama von dieser Bühne fern zu halten.

Julius (ironisch). Schon wieder eine Diagnose ohne Therapie.

Dr. Fellm. Bei Geistes- und Gemüthskrankheiten ist die Kenntniß der Krankengeschichte von besonders hoher Wichtigkeit, weil diese uns allein die wirklich helfenden Mittel an die Hand geben kann. Mache Du daher nur die nöthigen Anstalten zu Deiner Reise; das Uebrige überlasse mir, und Du sollst noch mit meiner „medizinischen Schule" ausgesöhnt werden. Adieu! (Er küßt Mat. die Hand und geht ab.)

Die Vorigen, ohne Fellmann.

Julius. Ein sonderbarer Mensch, Dein Theodor! — Und doch muß ich Dir gestehen, Matilde, daß sein Urtheil meine Zuversicht nicht wenig erhöht hat; denn ich habe nie eine Anmaßung von ihm gesehen, und selbst in seiner Wissenschaft, in der er bereits als geachteter Lehrer wirkt, habe ich nie ein voreiliges Urtheil von ihm gehört. Wenn er eine Meinung so fest und so zuverlässig ausspricht, so ist sie wahrscheinlich nicht ganz unrichtig.

Die Vorigen. Stadtrath Gerhardt.

Stadtrath (zu einem Diener, der hinter ihm hergeht). Wer war denn der Bursche mit dem Schnappsack, der mir da an der Thüre begegnet ist? (Diener zögert.) Nun wirst Du sprechen?

Diener. Es war ein Bettler, Herr Stadtrath.

Stadtr. Hat er was bekommen? — Die Wahrheit! —

Diener. Die Köchin hat ihm einige Speisereste von gestern Abend gegeben.

Stadtr. (zu Matilde). Rufe die Köchin sogleich auf Dein Zimmer, bezahle ihr ihren Lohn bis zum Ende des Monats und schicke sie augenblicklich aus dem Hause.

Mat. } Aber, lieber Onkel!
Diener. } Herr Stadtrath!

Stadtr. Habe ich nicht ausdrücklich verboten, einem jungen gesunden Bettler Almosen zu geben? — Arbeit ist heutzutage das Lebensprinzip des Staates, und wer sich der Arbeit geflissentlich entzieht, ist ein Verbrecher gegen den Staat.

Diener. Es war ein Soldat, Herr Stadtrath, der mit seinem Abschiede nach Hause ging.

Stadtr. Ein Soldat? Um so schlimmer! Wenn ein Soldat verabschiedet wird, erhält er seine Abschiedslöhnung, und reicht diese nicht aus, so soll er an irgend einem Orte Arbeit suchen, um sich das Nöthige zu ersparen. Oder glaubt Ihr etwa, daß der Soldat, weil er seine Pflicht als Bürger gethan, sich ein Privilegium zum Faulenzen erworben hat? —

Diener. Ach, Herr Stadtrath, der arme Soldat hat uns so schöne Lieder gesungen, daß wir ihm gerne unsere eigene Mahlzeit hingegeben hätten.

Stadtr. So! — Anstatt zu arbeiten, läßt man sich von Bettlern Lieder vorsingen und bezahlt mit des Herrn Brod und Fleisch. Das ist ein doppelter Diebstahl. Matilde, Du thust, wie ich Dir aufgetragen!

Julius. Erlauben Sie mir eine Bemerkung, lieber Onkel. Sie haben ausdrücklich verboten, einem Bettler, der arbeitsfähig ist, Almosen zu geben. Nun aber hat der arme Soldat für seine Mahlzeit Lieder gesungen, also dieselbe nicht im Bettel erhalten. Ferner hat ihre fleißige Dienerschaft während des Gesanges gewiß nicht die Hände in den Schooß gelegt, denn gewöhnlich wird der arbeitsame Mensch durch die Macht des Liedes zu verdoppeltem Fleiße angespornt. Ich sehe also hier gar kein, oder doch nur ein sehr geringes, Vergehen.

Stadtr. Du, Poet, solltest mir am allerwenigsten als Sachwalter für vagabundirende Küchenjänger auftreten; denn Troubadore, Bänkelsänger, Seiltänzer, Taschenspieler, Hofnarren, Comödianten und Verseschmiede gehören alle zu einer Gattung, nämlich zur Gattung der Faulenzer und Müßiggänger. — Aber, ich will Niemandem Unrecht thun, und Deine Bemerkung hat immerhin etwas für sich. (Zum Diener) Sage der Köchin, daß sie sich ferner in Acht nehme, denn sonst können sie ihre besten Mandelkuchen nicht retten. (Diener ab. Zu Julius) Auch will ich Dir heute nicht widersprechen, denn Du hast ohnedies schon einen bösen Tag. (Er legt Hut und Stock ab und setzt sich in einen Stuhl.)

Mat. (die indessen mit Julius Blicke gewechselt hat, leise). Sollte er bereits wissen? —

Julius. Was kann das schaden? — (Er setzt sich auf die entgegengesetzte Seite und wird tiefsinnig.)

Stadtr. Matilde, sage dem Franz, daß er anspannen lasse. Ich will Dich heute spazieren fahren.

Mat. Das ist herrlich! Und wohin fahren wir?

Stadtr. Nach dem Tulpenthale, wo ich Dir die große Seidenfabrik von S. Gruber und Compagnie zeigen will, die jetzt renovirt und vergrößert worden ist.

Mat. O, wie freue ich mich, lieber Onkel! Julius geht natürlich mit.

Stadtr. Was soll der in einer Fabrik machen? Das Geklapper der Webestühle, das Schnurren der Spindeln, das Pfeifen der Dampfkessel und das Dröhnen der Treibriemen könnten leicht seine dichterischen Kartenhäuser auseinander werfen, — und heute summen ihm wohl andere Mücken im Kopfe herum. (Lacht.)

Julius (gereizt, mit Matilde Blicke wechselnd). Wie meinen Sie das, Herr Onkel?

Stadtr. Wie ich das meine? — Glaubt Ihr etwa, daß ich nichts davon erfahre, wenn Ihr hier die Köpfe zusammensteckt, aus Goldschaum Pläne schmiedet und auf Hirngespinnste Schlösser baut? — Ha! ha! ha! ha! — Siehst Du, Julius, wir leben bereits seit Jahren als geschiedene Leute; ich habe Dir mein Haus und den Umgang mit Deiner Schwester nicht verboten, weil ich weder ein Tyrann sein noch scheinen will. Auch verachte ich es, meinem Neffen, der nur ein Schwärmer, aber sonst ein ganz guter Junge ist, Spione nachzuschicken und sein Thun und Treiben belauschen zu lassen. Aber, das macht sich so von selbst. Wenn man sich für das ernste Treiben der Menschen interessirt, so erfährt man auch Manches von ihren Thorheiten. So war ich eben auf dem Theaterbureau, um mit dem Direktor wegen der Anschaffung eines neuen Gasapparats für das Theatergebäude zu sprechen, und da erzählt mir der Possenmacher Flaum, daß mein Neffe heute mit einem fünfaktigen Trauerspiele heimgeschickt worden. Ha! ha! ha! ha! — Das ist köstlich! — Armer Junge! Da hast Du gewiß Nächte durchwacht und Tage durchträumt; hast Dein überspanntes Gehirn mit voller Dampfkraft arbeiten lassen; endlich ist das Produkt fertig, es wird zu Markte getragen, und das erste und letzte Angebot dafür ist: Nichts multiplizirt mit Null. (Lacht.)

Julius (den Matilde durch Winke zu beschwichtigen sucht). Mein Herr Oheim! Daß wir in diesem Punkte nie eines Sinnes werden, ist eine längst bekannte und zwischen uns abgemachte Sache. Ich habe seit Jahren auf die Wohlthaten Ihres Reichthums verzichtet, und es ist mir gelungen, mir durch A r b e i t ein mäßiges, aber mir genügendes Auskommen zu sichern. Außerdem habe ich mich redlich bemüht, Ihnen in jedem Punkte, der n i c h t meine Seelenneigung und meinen innersten Beruf betrifft, so angenehm als möglich zu sein. Was kann nun Sie, den wohlwollendsten der Menschen, bewegen, Ihres Neffen zu spotten und s i c h z u f r e u e n, weil er sein angestrebtes Ziel verfehlt hat? — Sie nennen sich einen Freund der Arbeit. Habe ich nicht gearbeitet? Heißt „Nächte durchwachen" und „sein Gehirn mit voller Dampfkraft arbeiten lassen" nicht a r b e i t e n? Kann der die Arbeit des Geistes verhöhnen, der die rußige Hand des Grobschmieds freundlich schüttelt, weil sie das Zeichen der Arbeit ist? — Wenn Sie nicht ungerecht gegen Ihr eigenes Blut sein wollen, so können Sie dem arbeitenden Gehirn Ihres Neffen unmöglich das versagen, was Sie dem schwieligen Buckel des Lastträgers gewähren, nämlich: A n e r k e n n u n g.

S t a d t r. (verlegen zu Matilde). Geh', Kind, bestelle den Wagen und mache die nöthige Toilette. (während Matilde mit einem bittenden Blick auf Julius abgeht, zu diesem, besänftigend) Nimm es nicht übel auf, mein Junge, wenn ich vielleicht zu weit ging, und Dir weher that, als ich eigentlich wollte. Ich gestehe Dir, Julius, es hat mich sehr gefreut, als ich vernahm, daß Du mit Deinem Komödienstück abgewiesen wurdest; denn nun, glaubte ich, wirst Du selbst von der Eitelkeit Deines Strebens überzeugt sein, und Dich einer ernsten Seite des Lebens zuwenden. Da ich aber sehe, wie sehr Du noch an Deiner Neigung hängst, so ist mir's erstens leid um Dich, da Du unheilbar scheinst, und zweitens um mich selbst, da ich mich zu einer voreiligen Freudenäußerung hinreißen ließ. — Was die geistige Arbeit betrifft, so weißt Du sehr wohl, daß ich kein Verächter, sondern ein Verehrer der Wissenschaften und Künste bin; aber sie sollen den Fortschritt der Menschheit auf dem Gebiete der Industrie, die Erleichterung der Arbeit, die Vervielfältigung und Verschönerung der Lebensgenüsse zum Zwecke haben. D e i n e Arbeit hingegen ist eine unfruchtbare, wenn sie als Hauptberuf betrieben wird. Ich weiß, Du wirst mir unsere großen Dichter und die Dichter anderer Nationen nennen, die gewiß Verdienstvolles und Segensreiches geleistet haben; allein jede Zeit hat ihre eigene Richtung, und jede Nation hat nur ein sogenanntes goldenes Zeitalter für jede geistige wie körperliche Thätigkeit. Das goldene Zeitalter der d e u t s c h e n Poesie ist mit der ersten Hälfte dieses Jahrhunderts zum Abschluß gekommen. Jetzt ist es die Arbeit im engeren Sinne, die sich des Zeitalters bemächtigt hat; und es kann zwar Mancher Wohlgefallen daran finden, seine Mußestunden mit poetischen Arbeiten auszufüllen, aber Den muß ich einen Hazardspieler nennen, der sein ganzes Leben auf eine Karte setzt, welche in unserer Zeit unmöglich einen Treffer bringen kann.

J u l i u s. Es kommt oft viel auf ein Wort an, lieber Onkel. Sie sagen, Sie sind ein Verehrer der W i s s e n s c h a f t e n, ich bin ein Verehrer der W i s s e n s c h a f t; Sie sind begeistert für die K ü n s t e, ich für die K u n s t; Sie schwärmen für die Arbeit als solche, ich halte dafür, daß Jeder in seiner selbstbestimmten Richtung das Vollkommene anstreben und d a s leisten soll, was seinen Fähigkeiten möglich ist. Sie sagen, das goldene Zeitalter deutscher Dichtung wäre vorüber. Hierin mögen Sie Recht haben. Aber ist darum auch die deutsche Dichtung zum Abschluß gebracht? Hat nicht unser Geschlecht seine eigenen Wünsche, seine eigenen Bedürfnisse, seinen eigenen Geschmack? Und wollen diese nicht geläutert, durch Werke der Kunst veredelt sein? — Eine Nation, die wahrhaft groß sein will, muß in keinem Zweige menschlicher Thätigkeit stille stehen, denn jeder Stillstand führt schließlich zum Chinesenthum. Ich gebe zu, daß ein Volk, welches heute in seinem Gewerbsfleiße zurückbleibt, mit der Zeit verarmen, und in seiner Verarmung auch geistig verkümmern muß; aber ebenso muß ein Volk, welches ausschließlich dem körperlichen Wohlstand fröhnt, zum Tagelöhner anderer Nationen werden, die ihm geistig überlegen sind.

S t a d t r. (bei Seite). Das Argumentiren hat der Junge weg, als wäre er im Frankfurter Parlament gesessen. (laut) Laß' uns nicht über einen Punkt disputiren, Julius, in dem wir nie eines Sinnes werden. Hingegen will ich Dir einen Antrag stellen, der weder Deiner Neigung noch Deinem Streben Zwang anthun soll. Ich reise morgen nach meinem Gute. Komm' mit mir, und ich will Dir dessen unumschränkte Verwaltung übergeben. Dort wirst Du, wie der Fürst eines kleinen Reiches, manche Schöpfung unter Deinen Augen entstehen, manches Werk unter Deinen Händen gedeihen sehen, und die Süßigkeit des Erfolgs wird Dich zu lohnender Thätigkeit anspornen. Dabei wird Deine Beschäftigung eine so leichte sein, daß Dir Muße genug bleiben wird, Deinen poetischen Grillen nachzuhängen.

Julius (die Hand seines Onkels ergreifend, mit Wärme). Ich danke Ihnen, mein theurer Onkel, daß Sie mir die Meinung bestätigen, welche ich stets von Ihnen gehegt; aber ich kann Ihren Antrag nicht annehmen, ohne mit Bewußtsein zum Betrüger an Ihnen zu werden. Ich kenne mich selbst zu gut, als daß ich hoffen dürfte, Ihnen in solcher Stellung nützlich sein zu können. Die Landwirthschaft erfordert eine ungetheilte Aufmerksamkeit und eine unbeirrbare Berechnung. Ich würde beim Pflügen mehr das schöne Gespann und den rüstigen Ackerknecht, als die Menge und Tüchtigkeit der gethanenen Arbeit betrachten; zur Saatzeit würde ich an die wunderbare Kraft denken, welche das Samenkorn verhundertfacht, und die kahlen Strecken übersehen, die der lässige Streuer übergangen; die Erndte wäre mir mehr ein ländliches Fest, denn eine Reichthum bringende Arbeit, und in der Weinlese würde ich Lieder zum Lobe des Rebensaftes dichten, und verabsäumen, die Kelterung zu überwachen. — Nein, lieber Onkel! Ich kann nicht Oekonom, und am allerwenigsten auf Rechnung Anderer werden.

Stadtr. Dann ist mir's leid um Dich, mein Junge! Dein väterliches Erbtheil haben Deine Studien und einige Reisen fast ganz aufgezehrt; ich müßte meinen Grundsätzen entsagen, ja ich müßte nicht ich sein, wenn ich Dein unfruchtbares Leben durch meine Unterstützung gutheißen sollte: Es bleibt mir also nichts Anderes übrig, als Dich Deinen eigenen Weg gehen zu lassen, und das thut mir im Herzen wehe, denn es ist innerhalb für einen begabten Jüngling eine traurige Existenz, sich am Tage mit dem Unterricht von dummen Jungen abquälen zu müssen, um Abends nach einem mageren Vesperbrode in einem kleinen Miethstübchen — träumen zu können.

Julius. Wozu die Wiederholung dieser Vorwürfe, lieber Onkel? Haben Sie je eine Wolke auf meiner Stirne oder die Zeichen des Mißmuths in meinem Benehmen bemerkt? Zu Entbehren hab' ich meiner Neigung keine Opfer gebracht, denn mein Streben füllte meine Seele so aus, daß sie keinen Raum für andere Wünsche hatte; und auch jetzt, nachdem ich gescheitert bin, kann ich die versäumten Genüsse nicht bedauern, denn nicht nur die S ch ö p f u n g, sondern auch das S ch a f f e n ist dem Dichter Hochgenuß. — Daß mir nach starkem Ringen der Preis nicht ward, das zeugt nur von der Größe dieses Preises, und wie schön es ist, darnach zu streben. Und diese Trostesquelle dürfte dem gescheiterten Spekulanten nur spärlich fließen. (Pause.) Ich bin und b l e i b' ein Dichter, lieber Onkel, und sollte auch kein einziger meiner Verse je von einem Menschen gelesen werden! (Ab nach der Mittelthüre, während der Stadtrath nach der linken Seite abgeht.)

Zweite Szene.

Zimmer bei Frau Zandt.

Frau Zandt, von Lieschen gefolgt.

Fr. Zandt (in voller Trauer, in Hut und Shawl, durch die Mittelthüre eintretend, zu Lieschen, matt). Sind meine Noten angekommen?
Lieschen. Ja wohl.
Fr. Zandt. Sind meine Blumen begossen?
Lieschen. Zu dienen.
Fr. Zandt. Ist mein Mops gebadet?
Lieschen. Und zu Bette gebracht.
Fr. Zandt (indem sie ablegt). War Niemand hier?
Lieschen. Die Ihnen bekannten zwei Herren von der Missionsgesellschaft mit einer Dame, die ich noch nicht bei Ihnen gesehen habe.

Fr. Zandt. Hast Du ihnen auch die gebührende Achtung und Freundlichkeit bezeugt?

Lieschen. Ich bestrebe mich, Ihren Wünschen nach Kräften nachzukommen, obwohl ich Ihnen gestehen muß, daß ich diesen werbenden Himmelshusaren, wie sie mein Vater zu nennen pflegt, nicht besonders hold bin.

Fr. Zandt (eifrig). So! — Dein Vater ist also auch einer von den Freigeistern, die an den Geist nicht glauben?

Lieschen. Er gehört zu der Gesellschaft der Sozialdemokraten, welche behaupten, daß die Kirchen bloß Verdummungsanstalten und die Pastoren alle Betrüger sind, und daß die Zustände, wie sie im Staate bestehen, unhaltbar, und die ganze Gesellschaft verrottet ist.

Fr. Zandt (heiter). Die Gesellschaft der Sozialdemokraten?

Lieschen. O nein! Die Gesellschaft überhaupt; das heißt, der Staat mit der Kirche, mit dem sozialen Uebel, mit dem Adel und mit der Armuth, die Pauperismus heißt, und mit dem Kapital und der Arbeit, die zusammen Communismus heißen.

Fr. Zandt (lächelnd). Ich wußte gar nicht, daß ich eine so große Philosophin um mich habe. — (Freundlich.) Du hast doch nichts dagegen, Lieschen, wenn ich einmal mit einem meiner Freunde von der Mission zu Deinem Vater gehe und versuche, ihm andere Begriffe von höheren Dingen beizubringen? —

Lieschen. Um Gottes Willen nicht, Frau Zandt! Der Alte ist wüthend gegen die Pfaffen und Seelenschacherer, wie er sie nennt, und wenn dem Einer mit Bekehrungsversuchen kommt! — Ach, Du mein Gott! — Er wäre im Stande......

Fr. Zandt (lächelnd). Uns durchzuprügeln.

Lieschen. Das wohl weniger; aber wenn Sie nicht selbst das Weite suchen sollten, so könnte er......

Fr. Zandt. Uns hinauswerfen. — (Schalkhaft.) Könntest Du mir nicht eine Empfehlung mitgeben?

Lieschen (ernst). Da müßte ich eine Zeit abwarten, wenn ihn seine Hämorrhoiden nicht plagen; denn, sehen Sie, Frau Zandt, die Schuhmacher haben alle Hämorrhoiden. Die Leute sagen, das käme vom vielen Sitzen. Nun könnte ich Ihnen zwar bei meinem Seelenheil nicht sagen, was Hämorrhoiden sind, aber die Leute, die damit behaftet sind, sollen alle schwarzes Blut haben; und bei den Schuhmachern mag das wohl auch von dem vielen Pech herkommen; und diese Menschen sind sehr reizbar und jähzornig, und können doch nichts dafür; und mein armer Vater, der sonst ein sehr guter Mensch ist, kann auch nichts dafür.

Fr. Zandt (einfallend). Daß er Pech hat?

Lieschen. Nicht eben das. — Ich meinte, daß er jähzornig ist, und daß er wahrscheinlich strickgrob würde, wenn Sie ihn belehren wollten.

Fr. Zandt (heiter). Am Ende stehe ich schon im schwarzen Buche Deines Vaters?

Lieschen (verlegen). Ja, sehen Sie, Frau Zandt, mein Vater ist ein kluger, ein sehr kluger Mann, der sich nicht so leicht gefangen giebt; aber wenn die Rede auf Sie kommt, da sagt er immer, daß ihm der Verstand stille steht.

Fr. Zandt. Und warum, wenn man fragen darf?

Lieschen (sehr verlegen). Ich möcht's doch lieber nicht sagen; — denn mein Vater verbietet uns immer das Postentragen, und Sie würden ihm vielleicht grollen, wenn Sie's wüßten.

Fr. Zandt. Ich will Dich nicht verleiten, den weisen Lehren Deines Vaters untreu zu werden; aber grollen könnte ich gewiß Niemandem, der eine aufrichtige Ueberzeugung offen ausspricht.

Lieschen. Nun, es ist ja auch nichts Schlechtes, und mir selbst lag es schon oft auf der Zunge, Sie zu fragen. — Also, er meint, es wäre unbegreiflich, daß eine so junge und so schöne Frau, eine gefeierte Schauspielerin, eine Soubrette, die auf der Bühne Alles mit ihrer Liebenswürdigkeit, ihrer Grazie und ihrer Schalkhaftigkeit bezaubert, und Männer und Frauen durch die Wahl ihrer Toilette zur Bewunderung hinreißt; daß eine solche Frau außerhalb der Bühne stets ein in voller Trauer um einen vor Jahren verlorenen Gatten und ohne jeden Schmuck erscheint, daß sie bei der Sonntagspredigt nie fehlt, in allen Wohlthätigkeitsvereinen mitwirkt, dem Missionswesen eine reiche Unterstützung gewährt, und, was noch mehr als dies Alles, sich von ihrer Dienerin einfach „Frau Zandt" und nicht wie jetzt jedes Krämerweib „Gnädige Frau" tituliren läßt. Nun würde er in seiner Denkweise von jeder Anderen ganz einfach sagen: „Humbug! Spiegelfechterei! und weiter nichts;" aber Ihr liebes, offenes Wesen, Ihre Freundlichkeit und Ihr — „ehrliches Gesicht," wie er es nennt, schließen ein solches Urtheil vollständig aus, und darum gesteht er in seiner schlichten Weise, daß „ihm der Verstand stille steht."

Fr. Zandt (träumerisch vor sich hinblickend). Das ist schon Manchem passirt, Kind, und wird noch Manchem passiren. (Es klopft an der Mittelthüre.) Nun gehe, Kind, und mache Dich an meine Toilette für heute Abend. (Es klopft wieder, während die Dienerin nach links abgeht.) Herein!

Frau Zandt. Flaum.

Flaum (elegant gekleidet, das spärliche Haar sorgfältig frisirt). Guten Tag, meine Geehrteste!

Fr. Zandt. Guten Tag, mein Geehrtester! (Ihn betrachtend.) Nach Ihrem Aussehen zu urtheilen, bringen Sie gute Botschaft.

Flaum. Die beste, die Sie erwarten können. Der junge Adler, der uns ein Ei in's Nest legen wollte, ist aus unserem Revier verscheucht. Julius v. Dahlen ist mit seinem Werke abgewiesen, und — durch mich.

Fr. Zandt (schalkhaft). Der Adler pflegt seine Eier nicht in fremde Nester zu legen, und gewöhnlich ist es nicht der Sperling, der ihn in seinem Fluge kreuzt.

Flaum. Zwischen uns kommt es ja auf Redensarten nicht an. Die Hauptsache ist, daß unsere Pläne auf dem besten Wege des Gelingens sind. Denn mit der Zurückweisung der Tragödie, die — zwischen uns gesagt — Epoche gemacht hätte, erhält sich die Posse in ihrer bevorzugten Stellung; Sie bleiben der Hauptstern am Firmamente unseres Theaters; der alte Hypochonder wird immer tiefer in Ihrem Netze verstrickt, und......

Fr. Zandt (ergänzend). Der unentbehrlich gebliebene Dichter und Dramaturge führt die einzige schöne Tochter des Direktors als Braut heim.

Flaum. So soll es sein, und darum komme ich, ein ernstes Wort mit Ihnen zu sprechen.

Fr. Zandt. Sie machen mich neugierig. (Beide setzen sich.)

Flaum. Sie wissen, daß unser beider Lebensbahn bisher eine — außergewöhnliche war, und daß wir jetzt eben daran sind, in den Hafen der Ruhe und der gesicherten ehrenhaften Stellung einzulaufen. Eben so werden Sie überzeugt sein, daß unsere Pläne nur durch eine vollkommene und ungestörte Uebereinstimmung in unserem Handeln gelingen können. Diese Uebereinstimmung ist bis jetzt während unseres Zusammenlebens in dieser Stadt durch nichts gestört worden, weil unsere Interessen dieselben waren; aber, wo habe ich die Garantie, daß dies immer so bleiben wird, daß unsere Interessen nicht in Collision gerathen, und..........

Fr. Zandt (ergänzend). Und wenn irgend ein Hinderniß auftaucht, Jeder seine eigene Haut zu retten sucht?

Flaum. Ganz so, Frau Zandt. Wir wissen beide, daß kein Dritter uns trauen würde, wenn er unsere Vergangenheit kennte; warum sollen wir uns gegenseitig trauen, die wir sie am besten kennen?

Fr. Zandt (gleichgültig). Vollkommen wahr. Aber, was sollen wir thun, um uns gegeneinander sicher zu stellen?

Flaum. Herr Sparsam ist tief genug in Ihrem Netze, um mit einiger Anstrengung darin festgehalten zu werden. Ich kann aus seinen Andeutungen schließen, daß er Ihnen bald einen förmlichen Antrag stellen wird. Ich will Ihnen nun offen heraussagen, daß ich den definitiven Abschluß dieser Angelegenheit nicht zugeben werde, wenn ich nicht zu gleicher Zeit, verstehen Sie wohl: zu gleicher Zeit die Hand seiner Tochter in die meinige gelegt sehe.

Fr. Zandt (gleichgültig). Das heißt, wenn Herr Sparsam nicht bei seiner Verlobung mit mir auch die Verlobung seiner Tochter mit Ihnen begeht, so werden Sie mich bloßstellen, und die Mißhelligkeiten meiner ersten Ehe an die große Glocke hängen.

Flaum. Ganz so, meine Verehrteste! Die Mißhelligkeiten Ihrer ersten Ehe an die große Glocke hängen.

Fr. Zandt. Aber, mein Bester, wie soll ich denn das anfangen? Herr Sparsam hat mir schon oft gesagt, daß er mit der Verheirathung seines siebenzehnjährigen einzigen Kindes noch einige Jahre warten will. Ja, er scheint einen besonderen Werth

darauf zu legen, daß seine etwas naturwüchsige Tochter von mir (lächelnd) Bescheiden-
heit, höhere Gesittung und feinere Manieren lernen wird. Soll ich ihm offen darlegen,
daß ich nicht das mindeste Interesse an dem Wohl seines einzigen Kindes nehme?

F l a u m (beißend). Sie werden m i r nicht einreden wollen, Frau Zandt, daß
I h n e n etwas schwer fallen kann. Sie spielen Ihre Rolle als gottesfürchtige, be-
trübte Wittwe und bescheidene, Ihren Werth geringschätzende Frau so gut, daß Sie
dem alten verliebten Narren sehr wohl beibringen können, wie schwer es Ihnen fallen
werde, die alte Wunde Ihres Herzens an seiner Seite zur Heilung zu bringen; wie
wenig sie mit Ihrem u m w ö l k t e n G e m ü t h geeignet sein dürften, einem so
lebensfrohen Kinde wie Fräulein Amalie eine angenehme und zugleich Achtung ein-
flößende Gefährtin zu sein; wie leicht Mißverständnisse zwischen einem so sehr an Un-
abhängigkeit gewöhnten Wesen und einer fremden, unerwartet in eine gebietende
Stellung versetzten Person eintreten könnten, und was Ihnen sonst die weibliche
Schlauheit und die F u r c h t, I h r e P l ä n e v e r e i t e l t z u s e h e n, noch eingeben
wird. Ich besitze an Fräulein Gruft, der Gouvernante Amalien's, eine starke Stütze,
weil die ärmste der Armen glaubt, an mir die Stütze zu finden, die sie seit vierzig
Jahren sucht und noch nicht gefunden hat; und ich habe mich bisher wohl gehütet, sie
aus diesem s ü ß e n T r a u m zu wecken, weil ich sehr bald einsah, wie werthvoll dieser
Traum für meine Wirklichkeit werden kann.

F r. Z a n d t. Sie sollen mit meinem Eifer, wie mit meiner Schlauheit zufrieden
sein; aber nehmen wir uns vor dieser Ophelia in Acht, denn, wenn mir je vor etwas
bange wird, so ist es vor einer alten Jungfer, die das Regiment in einem angesehenen
Hause führt und dabei in süßen Träumen schwelgt, und sich auf einmal das Regiment
entzogen und den „l e t z t e n V e r s u c h" vereitelt sieht.

F l a u m. Es wäre mir leid, wenn Ihnen d i e s e Furcht den Schlaf rauben
sollte. Sorgen Sie nur für Sparsam; ich will schon dafür sorgen, daß die Alte den
l e t z t e n V e r s u c h nur dann vereitelt sieht, wenn jeder a n d e r e V e r s u c h unmöglich geworden. Doch, appropos! Die Gruft spielt ja auch gerne die Samaritanerin;
sind Sie ihr auf Ihren Seelenheilsfahrten noch nicht begegnet?

F r. Z a n d t. Wenn sie mir d a begegnet, ist sie vor Schaden sicher; treffen
wir uns aber sonstwo, dann.....

L i e s c h e n (tritt ein). Die Herren von der Mission!

F r. Z a n d t. Führe sie in mein Studierzimmer und sage, ich werde sogleich das
Vergnügen haben. (L i e s c h e n ab.)

F l a u m (salbungsvoll, mit nach oben gerichteten Augen, während er nach der
Mitte und Fr. Zandt nach links abgeht und der Vorhang fällt). Möge der Herr seine
verirrten Schafe einsammeln, und möge er diejenigen segnen, die die Rolle der
Schäferhunde dabei spielen.

Zweiter Aufzug.

Erste Szene.

Empfangszimmer in Sparsam's Hause. **Podium** sitzt zur rechten Seite schlafend in einem Lehnstuhl. Nach einer Pause tritt **Ophelia Gruft** von der linken Seite ein, ohne **Podium** zu bemerken.

Ophelia (nachdenkend nach dem Vordergrund tretend). Also drei. — Das macht ein Kleeblatt. Der Direktor hat bis jetzt immer auf seine Gesundheit gepocht und gethan, als wenn er nie wieder in das Joch der Ehe treten wollte. Nun, mit der Prahlerei hat's wohl ein Ende, und er singt auch seit einiger Zeit nicht mehr soviele Loblieder auf die Ehelosigkeit. — Zudem schwindet der Mensch jeden Tag mehr und mehr dahin, und obwohl, ja we i l er in seiner unverwüstlichen „K o n s e q u e n z" jede ärztliche Hülfe ablehnt, wird er immer mehr und mehr auf meine Pflege angewiesen, und „die liebe Gruft" muß hinten und „die liebe Gruft" muß vorn sein, und wenn das noch eine Zeit lang so fort geht, so trete ich eines Tages vor den Herrn Direktor hin und erkläre, daß ich es müde bin für Lohn zu arbeiten, und daß ich lieber den Rest meiner Tage in einem Miethstübchen beschließen will; dann besinnt sich der Herr Direktor wohl eines Bessern und macht die Gruft verschwinden und macht eine Sparsam daraus. — (Pause.) Und noch deutlicher läßt Herr Flaum seine Absicht durchblicken, und seitdem ich ihm in der Angelegenheit des v. Dahlen'schen Manuskriptes so werthvolle Dienste geleistet, ist er in seinen Ergießungen so weit gegangen, daß es mir oft ein Leichtes gewesen wäre, ihn zu einer offenen Erklärung zu bringen, wenn es mir nicht so schwer fiele, zwischen ihm und Sparsam zu wählen, denn der eine ist reich und von großem Ansehen in der Bürgerschaft, der andere ist jünger und ein gefeierter Dichter. (Pause.) — Und jetzt kommt noch Dr. Fellmann dazu, der unzweifelhaft den strahlendsten Körper in diesem glänzenden Dreigestirn bildet. (Pause.) Diese Aufmerksamkeit, diese warmen Händedrücke können unmöglich ohne tiefere Bedeutung sein. (Pause.) Fellmann ist mir zwar stets mit Freundlichkeit und Achtung begegnet, aber so liebenswürdig, ich möchte sagen, so einschmeichelnd, hat er sich mir früher nie gezeigt. (Pause.) Und warum sollte ihm meine Hand nicht begehrenswerth erscheinen? Als junger Praktiker, ohne Vermögen, kann ihm eine gebildete Dame von gereiftem Alter mit zehntausend Thalern nur willkommen sein. (Pause.) Daß er so oft in's Haus kommt und dennoch meiner naseweisen Schülerin keine Aufmerksamkeit schenkt, ist mir ein Beweis, daß er an solchen rothschnäbeligen Schnattergänschen keinen Geschmack findet. (Längere Pause.) Da kömmt mir ein guter Einfall! Herr Sparsam hat mir nach vielem Bitten erlaubt, um den Doktor zu schicken. Ich schreibe ihm einige Zeilen, die gewisse Winke enthalten sollen, welche dem Suchenden leicht zu finden sind, und dem Unkundigen dennoch ganz harmlos erscheinen müssen. (Sie setzt sich, schreibt, legt einige Male die Feder nieder, um nachzudenken, und schreibt wieder. Endlich faltet sie das Papier, legt es in ein Convert und schreibt die Adresse; dann steht sie auf, erblickt Podium, und ruft). Podium! Podium!

Podium (im Schlafe). Nur Geduld, Herr Regisseur! Wir können noch nicht anfangen. Der erste Liebhaber hat so eben bemerkt, daß seine linke Wade weniger wattirt ist, als die rechte, und hat sich mit dem Schneider in die Garderobe zurückbegeben.

Ophelia. Der Mensch kann selbst im Schlafe das Schwatzen nicht lassen. (Laut.) Podium!

Podium (wie oben). Es geht noch nicht, Herr Regisseur! Die Soubrette hat zu stark roth aufgetragen, und soll doch im ersten Akte blaß wie Louise Miller aussehen. Sie braucht einige Minuten, um ihre Maske zu ändern.
Ophelia. Der Alte hat sich so lange hinter den Coulissen herumgetrieben, daß selbst seine Träume sich in jener Bretterwelt bewegen. (Laut, Podium schüttelnd). Podium! Hört Er denn nicht?
Podium (sich aufraffend und seine Augen reibend). Was giebt's? (Ophelia erblickend.) Was wünschen Sie, Fräulein Gruft?
Ophelia. Daß er am späten Morgen nicht schlafen, sondern lieber seinen Pflichten nachkommen soll.
Podium (mit affektirter Entrüstung). Meinen Pflichten? — Entschuldigen Sie, Fräulein Gruft. Ich bin weder Lampenjunge, noch Zettelträger oder Theaterbesen. Die müssen zeitlich Morgens an ihre Pflichten gehen. (Stolz) Ich bin erster Theaterdiener, Fräulein Gruft. Ich habe des Morgens keine Pflichten. Ich bin das Mittheilungsorgan zwischen dem Theaterdirektor, den dramatischen Dichtern, Rezensenten und (Bewegung des Klatschens andeutend) Theaterfreunden; zwischen dem Regisseur, dem Musikdirektor, Garderobier, Decorationsmaler und Maschinisten; zwischen dem ersten Liebhaber und seinen zehnten bis zwanzigsten Liebhaberinnen; zwischen der ersten Liebhaberin und ihrem dreißigsten bis vierzigsten Liebhaber; zwischen dem ersten Helden und seinen vielen Heldinnen; zwischen der ersten Heldin und ihren vielen Schwächlingen. Das sind alles respektable Leute, denen man sich vor zehn Uhr Morgens nicht vorstellen kann. Und ich hätte in dieser Stunde Pflichten? (Ophelia will sprechen, er fährt fort) Entschuldigen Sie, Fräulein Gruft, Sie sind von meinem Brodherrn als die unumschränkte Herrscherin dieses Hauses bestallt, aber meine Stellung will auch Ihnen gegenüber vertreten sein. Ich bin das Bindungsmittel, welches diesen kleinen Staat von so widerstrebenden Elementen zusammenfügt; ich bin der Leim, der das Brettergerüste, welches die Welt bedeutet, zusammenhält. Nehmen Sie mich weg, Fräulein Gruft, und in einigen Tagen kehrt sich Oberst zu Unterst, löst sich Alles in Atome auf! — Ich kenne meine Pflichten, Fräulein Gruft; aber ich kenne auch meine Rechte! —
Ophelia. Laß' Er jetzt das närr'sche Prahlen und hör' Er, was ich ihm sagen will. Der Herr Direktor war heute Nacht wieder sehr krank, und soeben habe ich ihm die Erlaubniß abgerungen, zu Dr. Fellmann zu schicken. Geh' Er und übergebe Er ihm dieses Schreiben.
Podium (verschmitzt). Ich verstehe. — Briefetragen, das fällt so in meine Branche (nimmt den Brief.)
Ophelia. Keine Bemerkungen, wenn ich bitten darf. Es sind Aufschlüsse über den Verlauf der Krankheit des Herrn Directors, die eine Dame nicht mündlich geben kann. Mach' Er also, daß Er fortkommt, und suche Er, wenn Er kann, zu erfahren, was der Doktor von Herrn Sparsam's Zustand denkt, welchen Antheil er an unserer Familie nimmt, und so weiter (giebt ihm Geld). Hier ist ein Thaler; wenn Er seine Sache gut macht, soll er noch zwei haben. (Im Abgehen) Sei Er ja vorsichtig (ab nach links).
Podium (allein, bald nach der Abgehenden, bald auf das Geld, bald auf den Brief blickend). Die hat was im Werke, und etwas Dickes muß es sein. Ein Thaler baar in Vorausbezahlung, und zwei Thaler in Wechsel auf meine Klugheit ausgestellt, von Ophelia Gruft, die, wie die Gruft, nichts wieder giebt, was sie einmal verschlungen; die für drei Pfennige dreihundert Menschen in die Gruft steigen ließe; — das geht nicht Herrn Sparsam, das geht sie selbst an. (Nachdenkend) Die Alte, die bisher die Anstandsdame im Hause meines Herrn gespielt, scheint sich jetzt in eine jugendliche Liebhaberin verwandeln zu wollen. Sie legt immer ihre Sonntagsrunzeln an, wenn sie dem jungen geistreichen Doktor gegenüber sitzt; sie sucht immer ihre alterschwache Schamröthe auf ihre Wangen zu peitschen, wenn er einen schlechten Witz macht: und jetzt schreibt sie ihm einen Brief, und ich soll ihn übergeben, und für einen Thaler, und erfahren soll ich, welches Interesse er an unserer Familie nimmt; und zu unserer Familie gehört natürlich auch Fräulein Ophelia Gruft. — Wir verstehen das! — Sie rechnet erstens auf meine Ehrlichkeit und zweitens auf den Umstand, daß ich — nicht lesen kann. Nun, in meiner Ehrlichkeit soll sie sich nicht getäuscht haben, aber diesen Thaler und noch die versprochenen zwei möchte ich d'rum geben, wenn ich lesen könnte. — Das Ding muß höchst interessant sein. — Diese Flammenausbrüche eines längst erloschen geglaubten Vulkans; diese Liebesblüthen

eines seit Jahrzehnten verwelkten Busens; dieses Gekllapper einer vierzig Jahre alten verrosteten Sparbüchse, „Herz" genannt! — (Aergerlich) Ich wollte meine Gage von zwei Monaten d'runngeben, wenn ich das Zeug lesen könnte. — Doch halt! Ich muß und werde wissen, was die Alte von dem Doktor will. (Den Brief betrachtend) Der Gummi am Couvert ist noch nicht ganz trocken, und hier im Nebenzimmer steht die Kopirmaschine meines Herrn. Ich mache mir einen Abdruck, den ich behalte, bis ich Jemanden finde, der mir ihn liest. (Ab in's Nebenzimmer rechts.)

~~~~~~~~~~~~~~~~

Zweite Szene.

Dr. Fellmann's Studierzimmer.

Fellmann, später Podium.

Dr. Fellmann (von der Mitte eintretend und Hut und Stock ablegend). Den Julius habe ich nun aus dem Wege, und der Herr Onkel mit seiner Anbetung der Arbeit soll nicht erfahren, wo er sich aufhält. Und jetzt heißt es an's Werk gehen. (Pause.) Natürlich muß ich vor allem die Stärke und die Vertheilung der feindlichen Kräfte auszufinden versuchen, sonst geht es mir wie den Franzosen mit ihrem Marsche nach Berlin. (Macht eine Bewegung mit der Hand nach hinten) Da ist vor allem der Kriegsherr Sparsam, mit dessen Fähigkeiten und Schwächen ich wohl vertraut bin. Dann kommt der eigentlich Commandirende, Flaum, ein Mensch ohne Charakter und ohne andere Triebkraft, als den Egoismus. Für seine Stellung zur hiesigen Bühne und zu Sparsam war das Werk meines Freundes eine gefährliche Klippe, und viel bessere Menschen wie er hätten in seiner Stellung ihr Möglichstes gethan, diese Klippe zu entfernen. Die Dritte im Bunde ist Fräulein Ophelia Gruft (er schüttelt sich). Ach! Es weht mich immer ein Moderduft an, wenn ich diesen Namen ausspreche. Aber sie übt einen starken Einfluß auf den Direktor aus, der, wie Alle, die „an die Medizin" nicht glauben, auf alte Weiber angewiesen ist. Fräulein Gruft hat die Möglichkeit noch nicht aufgegeben, „die Bestimmung des Weibes" erfüllen zu können, und auf dem dornenvollen Wege diese „Möglichkeit" zu suchen, dürfen diese armen Geschöpfe weder nach rechts noch nach links blicken. (Wird nachdenkend, als es an der Thüre klopft.) Herein!

Podium (unter Bücklingen eintretend). Guten Morgen, Herr Doktor!

Dr. Fellm. (für sich). Dieser da gehört zur irregulären Truppe des Feindes, und diese muß man stets mit Tollkühnheit attackiren. (Laut) Guten Morgen, Alter! Wie geht's?

Podium. Je nun, wie's unser Einem immer geht, mein guter Herr Doktor. Man plagt sich um zu leben, und lebt um sich zu plagen.

Dr. Fellm. Sagt mir doch, Alter, wie seid Ihr zu Eurem Namen „Podium" gekommen?

Podium. Das will ich Ihnen sagen, Herr Doktor. Meine Eltern — das heißt einen Vater habe ich nie gehabt — also meine Mutter starb, als ich noch ganz jung war; da wurde ich von einem Vetter meines Großvaters von mütterlicher Seite adoptirt; doch der gute Mann starb auch als ich eben die Flegeljahre erreicht hatte. Ohne Stütze, ohne Handwerk, und ohne lesen und schreiben zu können, wanderte ich durch ganz Deutschland, bis ich endlich in diese Stadt kam, wo Herr Sparsam mit meiner Gebrechlichkeit Erbarmen hatte, und mich als Handlanger bei den Theaterarbeitern anstellte. Da spielte ich eine gar traurige Rolle, und weil jeder nach Belieben auf mir herumtreten konnte, erhielt ich den Namen Podium.

Dr. Fellm. Appropos, Podium! Mein Kollege, Dr. Kaltschnitt, erzählte mir neulich, daß Ihr ihm Euren Kadaver für zwanzig Thaler testamentarisch übermacht hättet. Ist das wahr?

Podium. So ist es, Herr Doktor. Ihr Herr Kollege hat nämlich eine auserlesene Sammlung von verkrümmten Wirbelsäulen. Neulich war ich eben zugegen, als er einen kranken Schauspieler besuchte, und da bemerkte er, daß mein Knochengerüste nach einem besonderen architektonischen Styl gebaut sei, den seine Sammlung noch nicht aufzuweisen hat; er trug mir daher zwanzig Thaler an, wenn ich ihm nach meinem Tode meine irdischen Ueberreste überlassen wollte. Ich ging gern darauf ein, weil ich erstens (mit Pathos) stets bereit bin mit meiner g e r i n g e n P e r s o n zur Förderung von Kunst und Wissenschaft beizutragen, und weil ich zweitens vorziehe, in einer reinlichen, im Winter gut geheizten Stube aufgestellt, als im dumpfen finsteren Grabe von den Würmern gefressen, oder gar lebendig begraben zu werden; denn davor hab' ich einen höll'schen Respekt, Herr Doktor!

Dr. Fellm. Eitele Furcht, mein Alter! Der Teufel kann es kaum erwarten, daß er eine solche Seele zwischen seinen Klauen hat, und hat er sie einmal, und wäre sie auch nur scheintodt, er läßt sie gewiß nicht wieder los. — Doch, ich will Euch einen Antrag stellen, Podium. Mein Kollege Kaltschnitt ist mir zuvor gekommen, sonst hätte ich gerne vierzig Thaler für Euer Bischen s o l i d e s M e n s c h t h u m gegeben; aber Ihr sollt hundert Thaler von mir haben, wenn Ihr Euch l e b e n d i g von mir seziren laßt.

Podium (zurückbebend). Aber, Herr Doktor, Sie möchten doch nicht!?!

Dr. Fellm. (mit Humor). Gewiß möchte ich; — nicht mit dem Messer von Stahl und nach den Regeln der Anatomie, sondern mit der Schneide des Geistes und nach den Regeln der Seelenkunde. Es muß doch ein wahres Gaudium sein, so ein altes Sünderherz in seinen geheimen Kammern begucken zu können, wo eine so seltene Auswahl f r e m d e r S ü n d e n beherbergt wird. Ich möchte es eine Sündenkneipe nennen; denn, wo die Wirbelsäule bestimmt ist, eine wissenschaftliche Sammlung zu zieren, da pflegen die e i g e n e n Sünden nicht besonders zu gedeihen; aber ein gekrümmtes Rückgrat eignet sich vorzüglich zu Geschäften, wo man immer Ja nicken, sich dienstwillig verbeugen, und sehr oft d u r c h s c h l e i c h e n muß. Diese Leute sind unbezahlbar als Z w i s c h e n t r ä g e r , als S ü n d e n t e l e g r a p h e n , als Kuppler.

Podium (verletzt). Herr Doktor!

Dr. Fellm. Nur keine Entrüstung, lieber Podium! Wir sind ja hier allein, und ich meine es auch nicht so böse. Ich lese an der Universität ein Kollegium über Seelenkunde, und mache gerne an Euresgleichen meine Studien; und diese Studien haben mich zu der merkwürdigen Entdeckung geführt, daß Ihr ganz eigene Nervenzweige besitzt, die von den Spitzen Eurer Finger zu Euerem Gesichte und zu Euerem Herzen verlaufen. Ein Thaler auf diese Finger gelegt, galvanisirt sie, und macht sie zu jeder Verrichtung fähig; z w e i Thaler machen alle Schamröthe aus Euerem Gesichte schwinden; f ü n f Thaler vertreiben jede E n t r ü s t u n g aus Euerem Herzen. (scheinbar gleichgültig) Was habt Ihr da in der Hand, lieber Podium? —

Podium (verlegen). Das — das ist — ein Brief.

Dr. Fellm. Das sehe ich wohl, mein Bester! Ist er für mich bestimmt?

Podium. Gewiß, Herr Doktor! Sie haben mich so in Angst versetzt, daß ich meinen Auftrag ganz vergessen habe. Der Brief ist von Fräulein Gruft.

Dr. Fellm. Wie kommt denn Fräulein Gruft dazu, Euch mit einem Briefe an mich zu senden? Wir beide, ich meine: ich und Fräulein Gruft, gehören doch nicht zum Theaterpersonale.

Podium. Fräulein Gruft weiß, wie sehr ich meinem Herrn ergeben bin, und der arme Herr war heute Nacht wieder sehr krank, und Fräulein Gruft hat lange bitten müssen, bis er ihr erlaubt, um Sie zu schicken, und da ich gerade im Vorzimmer war, so......

Dr. Fellm. (indem er den Brief nimmt). Laßt sehen! (liest) Immer die alte Geschichte. Herr Sparsam ist krank und nimmt keine Arznei; nach langem Bitten läßt er sich erweichen, und schickt um Dr. Fellmann, und Dr. Fellmann wird kommen und wird Herrn Sparsam angucken, und Herr Sparsam wird es der „N a t u r h e i l - k r a f t" überlassen, und Dr. Fellmann wird eingeladen werden, zuzusehen, und die Natur zu bewundern, wie schön und gut sie ihre Sache fertig bringt.

Podium. Ich glaube, Herr Doktor, daß es diesmal mit meinem armen Herrn schlimmer ist als es noch je gewesen, und Fräulein Gruft meint......

Dr. Fellm. (einfallend). Daß sein letztes Stündchen geschlagen hat, und darum schickt sie Euch, der selbst den Tod um sein gutes Recht betrügt.

Podium (für sich). Mit Dem ist nicht gut Fingerziehen. (laut) Glauben Sie mir, mein bester Herr Doktor, ich bin ganz unschuldig.

Dr. Fellm. Unschuldig? — Armer Krüppel! — Sagt mir doch, mein guter unschuldiger Podium, wer wird denn daran schuld sein, wenn mein Kollege Kaltschnitt nach Euerem Tode erfährt, daß er Euch die zwanzig Thaler für Nichts gegeben hat? —

Podium (verwirrt). Wie meinen Sie das, Herr Doktor?

Dr. Fellm. Wie ich das meine, alter Knabe? — Ich meine, ja ich bin überzeugt, daß Ihr gar keine Verkrümmung der Wirbelsäule habt; daß Euer Rückgrat dieselbe gerade Linie bildet wie das meinige und das anderer Menschenkinder, die nicht über das Grab hinaus verkauft sind. Kollege Kaltschnitt hat soviel über Mißbildungen gesammelt und geschrieben, daß er beim Anblick eines krummen Rückens vor lauter Buckel den Menschen nicht sieht. Ich, lieber Podium, betrachte Eure Hinterwand mit dem unbefangenen Auge der Gleichgültigkeit, und ich hege nicht den mindesten Zweifel, daß Ihr vom Scheitel bis zur Zehe ein perpentikulärer Schurke seid.

Podium (bei Seite). So heiß hat mir noch Niemand gemacht wie Dieser. (laut, bittend) Mein guter Herr Doktor!

Dr. Fellm. Sagt mir doch, Alter, wie seid Ihr auf den superben Witz gekommen, Euch selbst einen Buckel anzulügen?

Podium (resignirt). Ich sehe schon, daß ich Ihnen die Wahrheit sagen muß. Bevor ich nach dieser Stadt kam, hatte ich ganz Deutschland durchwandert, ohne irgendwo Arbeit zu finden, bei der man nicht zu arbeiten brauchte. Da kam ich auf den Einfall, mir ein krüppelhaftes Aussehen zu geben, und da ich auf meinen Wanderungen auch in Sektionssälen ausgeholfen hatte, so gelang es mir bald, aus einigen Hammelsrippen, einigen Zwirnspulen und etwas Watte einen Apparat zusammenzustoppeln, den ich an meinem Rücken befestigen konnte, und der mir mein jetziges Aussehen gab. Mein kleiner Staatsstreich gelang. Herr Sparsam hatte Mitleid mit meiner Krüppelhaftigkeit, und stellte mich bei seinen Arbeitern an. Später sah er, daß ich nicht ohne Talent bin, und ich wurde langsam bis auf den Posten eines ersten Theaterdieners vorgerückt. (bittend) Seien Sie auch barmherzig, Herr Doktor, und verrathen Sie mich ja nicht!

Dr. Fellm. Die Idee ist so originell, daß sie jedenfalls geheim gehalten zu werden verdient, damit nicht andere Strolche sich ihrer bedienen. Seid daher unbesorgt; ich werde die Legitimität Eueres adoptirten Höckers nicht in Zweifel ziehen. Geht nun nach Hause und sagt Fräulein Gruft, daß ich zwar nicht glaube, daß große Eile nöthig sei, daß ich mich aber dennoch bald auf den Weg machen will. Adieu! mein Alter! Auf Wiedersehen!

Podium (unter Bücklingen). Adieu! (bei Seite) Da bin ich übel angekommen. — Und dennoch hat der Mensch etwas, was mich anzieht, und ich möchte Vieles d'rum geben, wenn ich ihm eine bessere Meinung von mir beibringen könnte. (ab).

Dr. Fellmann allein.

Dr. Fellm. (nachdenkend). Ich will die Epistel noch einmal lesen. (nimmt den Brief vom Tisch) „Hochgeehrter Herr Doktor! Der arme Herr Sparsam hat heute Nacht wieder einen seiner bösen Anfälle gehabt, und ich will hoffen, daß es bloß die Unwissenheit des Laien ist, die mich das Schlimmste befürchten läßt, und daß Sie bei Ihrem nächsten Besuch, den ich sehnlichst herbei wünsche," unterstrichen, (liest weiter) „mein armes bangendes Herz beruhigen werden. Wenn Sie nur uns armen Frauen gegenüber nicht so zurückhaltend wären!" — Gedankenstrich. (liest weiter) „Man kommt oft in die Versuchung zu glauben, daß Sie ein Weiberfeind sind, und doch können Sie wieder so liebenswürdig sein, daß dieser Gedanke nicht aufkommen kann. — —" Zwei Gedankenstriche. (liest weiter) „Kommen Sie bald, mein werther Herr Doktor, und lehren Sie einer aufrichtigen Freundin stets nur jene Seite Ihres Wesens zu, welche Sie, ohne die andern, **unwiderstehlich** machen müßte." „Unwiderstehlich" doppelt durchstrichen. (Pause.) Diese in einem gewissen Alter ungepaarten Töchter Eva's haben eine ganz eigenthümliche Art Bekanntschaften zu knüpfen und Vertraulichkeiten zu nähren, und ich thue alles Mögliche, ihre chronisch-katarrhalische Atmosphäre zu meiden. Um nicht zwischen das Räderwerk ihrer Zungen zu gerathen, begegne ich ihnen stets mit einer besonderen Zurückhaltung, die eine Art kindliche Verehrung durchblicken läßt. Das mahnt sie einigermaßen an ihr Großmuttersalter, und zwingt ihnen ein würdevolleres Benehmen auf. (nachdenkend durch das Zimmer gehend.) Die alte Strategin hat unzweifelhaft ein kleines Manöver vor. Ich habe ihr in der letzten Zeit um meines Freundes willen ein wenig schön gethan, und das scheint die Möglichkeit der „Erfüllung des weiblichen Berufes" wieder vor ihre matten Augen gerückt zu haben. (Pause.) Diese Gouvernante übt einen starken Einfluß auf den Direktor aus, und eine kleine „Annäherung" könnte mir in meinem Bestreben für die Tragödie nützlich sein. (Pause.) Nun, eine Annäherung will ich schon zu überwinden suchen; aber, so viel ich auch zur Förderung Deiner Sache zu thun bereit bin, mein Julius, zu einer Liebeserklärung an Fräulein Ophelia Gruft dürfte unsere Freundschaft doch nicht ausreichen! (Er nimmt Hut und Stock, und geht nachdenkend ab.)

Dritte Szene.

Zimmer bei Sparsam wie oben.

Podium (den Kopf durch die Mittelthüre steckend, und im Zimmer umherblickend). Die Alte ist nicht da. Bis sie kommt, will ich mir meine Briefe sortiren (nimmt einige Briefe aus seiner Brusttasche). Es ist immerhin ein schwieriges Geschäft, Briefträger zu sein, ohne lesen zu können, und dennoch habe ich noch nie eine Verwechselung gemacht, und alle Aufträge zur Zufriedenheit meiner Gönner besorgt. (die Briefe besehend) Dieser rosafarbene da ist von der Tänzerin Perdita an den alten Grafen Steinbock. Die Stummen wollen am meisten reden. Der Herr Graf ist von seinem Podagra so geplagt, daß er sich von zwei Dienern in die Loge führen, oder vielmehr tragen lassen muß. Doch erscheint er jeden Abend, wenn die Perdita tanzt, denn er, der keine Minute auf seinen Füßen stehen kann, hat einen merkwürdigen Sinn für den Bewegungsapparat der schönen Spanierin. — Dieser da mit dem schwarzen Rande riecht nach Moschus, wie Heine sagt. Er ist von der jungen Wittwe des alten Bankier Goldschlauch an unseren Kapellmeister. Der Herr Gemahl selig, dessen Andenken sie tief verehrt, war ein großer Musikenthusiast. Er sah den trefflichen Orchesterleiter gern in seinem Hause, wo er ihm die zweite Geige spielen ließ; die junge Wittwe scheint ihm das Solo überlassen zu wollen. — Dieser da ist von unserer naiven Liebhaberin an den blasirten Rittmeister v. Roßfuß. Diesem Roué ist die höhere Damenwelt mit ihren Zuckerbäckerproportionen zu fade. Er möchte ein wenig Schäfer spielen, und da er in der Stadt keine Grasdirnen mit rothen Bausbacken, runden kupferfesten Armen und großen nackten Füßen haben kann, so läuft er dieser Künstlerin nach, die die Rollen der jungen Bäuerinnen mit Meisterschaft spielt. — Dieser da in dem gelben Kouvert mit gepreßter Verzierung ist von unserer ersten Choristin an den getauften Kommerzienrath v. Schmulshausen. Die gelbe Farbe soll ihn wahrscheinlich an die Häßlichkeit der Eifersucht erinnern: eine Leibtugend des verliebten Narren. Die Verzierung zeigt zwei Täubchen, die sich schnäbeln, doch ist die eine Taube — vielleicht durch einen Preßfehler — etwas verzerrt, und sieht mehr einer Nachteule ähnlich. Wenigstens hat sie ganz die orientalische Nase des Herrn Liebhabers. — Die übrigen sind von Herrn Sparsam an verschiedene Personen, die mit dem Theater in Verbindung stehen. Hier kann ich keinen Mißgriff thun, denn die Namen sind mir so geläufig, daß ich sie an den Schriftzügen erkenne. (nach der Thüre horchend) Es kommt Jemand! (er steckt die Briefe in die Tasche, und macht sich mit dem Ordnen der Gegenstände auf einem Tische beschäftigt. Während dem öffnet ein Diener die Mittelthüre und läßt Flaum und Fr. Zandt eintreten.)

Podium. Flaum. Frau Zandt.

Podium (unter Bücklingen). Guten Morgen, meine Herrschaften! Welchem Umstande haben wir diese Ehre zu so früher Stunde zu verdanken?

Flaum. Wir haben soeben erfahren, daß der Herr Direktor sehr krank sei. Weiß Er was Näheres?

Podium. Ich komme soeben von Dr. Fellmann, der gleich hier sein wird. Er scheint durchaus an keine Gefahr zu denken, und draußen sagte mir eben der Diener des Herrn Direktors, daß der Patient etwas besser sei und in seinem Lehnstuhl sitze.

Flaum (giebt ihm Geld). Hier, mach' Er sich einen guten Tag für diesen tröstlichen Bericht. (Podium unter Verbeugungen nach rechts ab. Flaum sieht sich im Zimmer um, führt Frau Zandt zu einem Lehnstuhl links, und bleibt vor ihr stehen.)

Podium (der indessen die Thüre rechts blos zugelehnt hatte, steckt seinen Kopf durch dieselbe bei Seite). Wer Geld giebt, will etwas dafür kaufen, und damit ich weiß, was der da zu kaufen wünscht, will ich mir den Kunden etwas genauer betrachten. (Er schlüpft unter den Tisch auf der rechten Seite.)

Flaum. Fräulein Grust steckt gewiß noch in ihrer Morgentoilette, und wenn ihr ein seltener Gast wie Sie gemeldet wird, macht sie gern Vorbereitungen. Während wir warten, können Sie mir mittheilen, wie weit die Dinge zwischen Ihnen und Herrn Sparsam gediehen sind.

Fr. Zandt. Im Ganzen und Großen geht Alles nach Wunsch; Herr Sparsam wird täglich bestimmter in seinen Erklärungen, und seine Anstrengungen, in den engsten Grenzen des Anstandes zu bleiben, verrathen nur seine Absicht, bald mit seiner förmlichen Werbung hervorzutreten.

Podium (seinen Kopf hervorsteckend). Was? Herr Sparsam auf Freiersfüßen? Das geht doch über's Bohnenlied!

Flaum. Und haben Sie etwas Näheres über seine Absichten mit seiner Tochter erfahren?

Fr. Zandt. In diesem Punkte, der, wie Sie zugeben werden, mit der größten Vorsicht behandelt werden muß, kann ich noch keinen bedeutenden Fortschritt melden.

Flaum (beißend). Es ist jedenfalls sonderbar, daß Sie in meiner Angelegenheit mehr Vorsicht an den Tag legen, als in Ihrer eigenen.

Fr. Zandt. Aber, nehmen Sie doch Vernunft an, Flaum. Meine Sache wird von Herrn Sparsam eifrig genug betrieben, und alles, was ich zu thun habe, ist, auf der Defensive zu bleiben. Bei Ihrer Angelegenheit hingegen müssen Angriffe gemacht werden, und zwar Angriffe auf das Herz eines liebenden, um das Glück seines Kindes tief besorgten Vaters.

Flaum. Und wie weit sind denn Ihre Angriffskolonnen vorgerückt, wenn ich fragen darf?

Fr. Zandt. So weit sie ohne Gefahr, ja ohne sichere Aussicht, zurückgeworfen zu werden, vorrücken konnten. Ich habe alle Gründe vorgebracht, die es wünschenswerth machen, das junge, bis zur Ausgelassenheit heitere Mädchen von der Berührung mit einer ebenfalls jungen, und dennoch ernstgestimmten Stiefmutter fern zu halten. Auch habe ich besonderen Nachdruck auf die Dienste gelegt, die Herr Sparsam von Ihnen als Schwiegersohn erwarten kann, und wie unentbehrlich Sie ihm werden müssen, wenn er, durch seine Verbindung mit einer jungen Frau, gewisse Pflichten übernehmen sollte, die ihn oft von seinem Geschäfte fern halten dürften.

Flaum (ungeduldig). Nun! Und was sagte er?

Fr. Zandt. Herr Sparsam ist einer Verbindung seiner Tochter mit Ihnen durchaus nicht abgeneigt, aber . . . . .

Podium (wie oben). Da soll doch das Kreuzdonnerwetter dreinschlagen!

Fr. Zandt (sich umsehend). Haben Sie nichts gehört?

Flaum (aufgeregt). Jede Faser meines Wesens hängt an Ihren Worten. Ich habe nur ein Ohr für Sie.

Podium (wie oben). Du lügst, Esel! Du hast zwei, und was für eine! (macht Eselsohren.)

Fr. Zandt. Haben Sie nicht soeben was gehört?

Flaum (wie oben). Erzählen Sie doch um Gottes Willen weiter, denn sonst bin ich jetzt taub gegen Krupp'sche Kanonen.

Podium (wie oben). Wenn sie vernagelt sind wie er.

Fr. Zandt. Also, Herr Sparsam ist einer Verbindung seiner Tochter mit Ihnen durchaus nicht abgeneigt, aber das verhindert ihn nicht ein guter Vater zu sein, und (lächelnd) da er bis jetzt nicht bemerkt hat, daß sich Amalie besonders zu Ihnen hingezogen fühlte, so will er noch warten, Sie immer näher an seine Familie heranziehen, und seiner Tochter Gelegenheit geben (gedehnt) den hohen Werth des Mannes zu erkennen, an dessen Seite sie das Glück des Weibes zu finden bestimmt ist.

Flaum (gereizt). Das ist alles sehr schön und sehr vernünftig, ja für einen Liebhaber zu vernünftig; und wenn Sie nicht im Stande sind, dieses Uebermaß von Vernunft um ein Bedeutendes zu reduziren, so kann ich das unmöglich Ihrem Mangel an Geschick, wohl aber nur Ihrem Mangel an gutem Willen zuschreiben.

Fr. Zandt (ihm mit Ihrem Taschentuche das Gesicht fächelnd). Nur etwas kühler, lieber Freund! Zwei Grad unter Null dürften Ihrer Konstitution besser zusagen.

Podium (wie oben). Wenn's darauf ankäme, sollte er schon längst erfroren sein, denn bei mir steht er noch viel tiefer unter Null.

Fr. Zandt. In allem Ernst, Flaum, Sie werden unausstehlich. Sie sind entschlossen mit dem Kopf an die Wand zu rennen, und wollen durchaus, daß es ein Anderer für Sie thue. Wenn Sie mir nicht trauen, warum betreiben Sie Ihre Sache nicht selbst? Sie stehen mit Sparsam auf so vertrautem Fuße, und haben ihm schon soviel Vernünftiges auszuschwatzen gewußt. Warum gehen Sie nicht zu ihm, und jagen ihm das Bischen Vernunft, welches ihm noch geblieben, vollends aus dem Schädel? Aber es ist viel bequemer, einem schwachen Weibe entgegen zu treten, und ihr drohend zuzurufen: Entweder Du begehst einen dummen Streich oder ich werde einen schlechten Streich begehen.

Flaum. Wenn ich einmal in die Nothwendigkeit versetzt werden sollte, selbst mit Sparsam über diese Angelegenheit zu sprechen, so dürfte das Gespräch leicht auf verwandte Verhältnisse geleitet werden, und ich könnte in die Versuchung gerathen, Ihrem so sehr vernünftigen Liebhaber begreiflich zu machen, daß es weniger thöricht sei, ein unvernünftiges Mädchen an einen vernünftigen Mann zu geben, als ihm eine Stiefmutter in's Haus zu bringen, deren Vergangenheit sie für diese Rolle nichts weniger als geeignet macht.

Fr. Zandt. Wie aber, wenn dieser vernünftige Mann selbst in dieser Vergangenheit eine Rolle spielte, die für das Haustheater des Herrn Sparsam nicht passen dürfte? —

Flaum (in höchster Aufregung). Mich kann nichts abschrecken! Nachdem ich in Agram für Sie ein Verbrechen begangen, und dafür nichts anderes als meinen Laufpaß erhalten hatte, wanderte ich durch die Welt ohne Stellung, ohne Ruhe und ohne Glück. Ich sank immer tiefer und tiefer, bis ich dem Abgrunde des Elends nahe war. Da ging mir in dieser Stadt ein neuer Stern auf. Ein glücklicher Zufall brachte mich auf den Gedanken, mich in einer neuen Bahn zu versuchen, und der Erfolg übertraf meine ausschweifendsten Erwartungen. Es ist wahr, mein Zusammentreffen mit Ihnen hat viel zu meiner Erhebung beigetragen, denn meine Stücke hatten einen großen Theil ihres Erfolges dem Umstande zu danken, daß sie von Ihnen getragen wurden; aber ich will und muß den höchsten Gipfel des Glücks erklimmen, oder in das Nichts zurückfallen, dem ich hier entstiegen bin. Wenn ich Amalie Sparsam nicht zur Frau bekomme, so reiße ich alles nieder, was ich so mühsam aufgebaut; und (sie bedeutungsvoll anblickend) ich werde den Grundstein nicht stehen lassen, auf dem ein neuer Bau aufgeführt ist.

Fr. Zandt. Ihr Männer bleibt doch ewig Schmetterlinge. — Oft glaubt man, Ihr hättet schon ausgeflattert; aber es bedarf nur des Geruchs einer jugendlichen Blüthe, und man kann Euch wieder berauscht sehen bis zum Wirbeltanz. (geht im Zimmer auf und nieder, dann vor Flaum stehen bleibend und ihm die Hand reichend) Wollen Sie nicht einen Waffenstillstand schließen, Flaum? Blos auf einen Monat. Ich will meine ganze Kraft zusammennehmen, um Ihr Glück begründen zu helfen. Bis dahin bleibe es zwischen uns, wie es bisher gewesen.

Flaum (die dargebotene Hand ergreifend). Ich will nicht hart sein. Einen Monat sollen Sie haben. Aber rechnen Sie ja nicht auf meine Nachsicht.

Die Vorigen. Fräulein Ophelia Gruft.

Flaum (der, sobald er Ophelia von der linken Seite eintreten sieht, eine sehr ehrerbietige Haltung gegen Fr. Zandt einnimmt). Guten Morgen, mein bestes Fräulein! Mein gleichzeitiges Erscheinen mit unserer geschätzten Künstlerin zu so früher Stunde muß Ihnen beweisen, wie tief die Liebe zu unserem Chef in unserem Herzen wurzelt. Wir erfuhren in unseren Wohnungen, daß Herr Sparsam heute

Nacht wieder sehr krank war, und von dem Wunsche beseelt, so früh als möglich sichere Kunde von seinem Befinden zu erhalten, trafen wir uns hier an Ihrer Thüre.

Ophelia. Ich danke Ihnen im Namen des Herrn Direktors, der gewiß sehr erfreut sein wird zu hören, daß die zwei festesten Stützen seiner Bühne so viel Interesse an seiner persönlichen Wohlfahrt nehmen. (indem sie einen Stuhl ergreift und den Gästen Sitze anbietet) Bitte, nehmen Sie Platz. (Während alle sich setzen, verläßt Podium seinen Versteck und huscht nach der Thüre rechts).

Podium (an der Thüre). Da ist nichts mehr zu holen. Die kenne ich wie unsere Hauskatze (ab).

Fr. Zandt. Herr Sparsam gehört nicht zu jenen Menschen, mit denen man in irgend einer äußerlichen Beziehung stehen kann, ohne sich innerlich zu ihnen hingezogen zu fühlen.

Ophelia (bei Seite). Ein wenig zu warm für eine schöne junge Wittwe.

Fr. Zandt. Hiezu kommt noch, daß ich sehr oft an Sie denken muß, geehrtes Fräulein; denn, wer einst wie ich zwei volle Jahre an dem Krankenlager eines theuren Gatten gewacht, und bei jeder Unterbrechung seines Schlafes, bei jeder Veränderung seiner Gesichtsfarbe, die Qualen der Todesangst durchgemacht, die weiß wohl mit der tiefbekümmerten Freundin zu fühlen, die in demselben Jahre lang geübten Dienste dieselben Weihen erhalten hat.

Ophelia (geschmeichelt). Sie sind sehr gütig, geehrte Frau. Nur kann ich leider nicht viel für meinen Freund thun, denn er will, wenn er krank ist, durchaus nichts an sich vornehmen lassen, und ich muß es schon als eine große Konzession betrachten, wenn er mir erlaubt, um den Arzt zu schicken, aber der hat auch einen harten Stand, denn Herr Sparsam will durchaus keine Arznei nehmen.

Fr. Zandt. War er auch so seiner seligen Frau gegenüber, oder hat sie, so bescheiden wie seine Freundin, kein höheres Recht beansprucht?

Ophelia (bei Seite). Impertinente Frage! (laut) Frau Sparsam war eine herzensgute, aber leichtlebige Natur, und während sie es verstand, seine Launen wegzuscheuchen, bleibt mir nichts anderes übrig, als sie zu ertragen.

Fr. Zandt. Wie ich höre, hat die liebenswürdige Tochter des Herrn Direktors Vieles von dem Naturel ihrer Mutter.

Ophelia (bei Seite). Die gräbt immer weiter. Aber, sie soll sich nicht rühmen, mich ausgeforscht zu haben. (laut) In der Zurückgezogenheit, in welcher Sie leben, scheinen Sie von manchen Dingen unterrichtet zu sein, die man sonst nur im Getümmel der Gesellschaft erfährt.

Fr. Zandt. Herr Sparsam, der manchmal so freundlich ist, sich mit mir in den Zwischenakten zu unterhalten, hat mir schon Manches aus seinem Familienleben mitgetheilt.

Ophelia (bei Seite, ärgerlich). Das wird immer besser. Der alte Esel macht schon Enthüllungen.

Fr. Zandt. Wie ich höre, ist Dr. Fellmann Herrn Sparsams Arzt, und es ist mir wirklich unbegreiflich, wie er einem Arzte, der so hoch in der Wissenschaft steht und zugleich so liebenswürdig ist, widerstehen kann?

Ophelia (ärgerlich, bei Seite). Hat sie auch schon den ausgefunden? (laut) Herr Sparsam glaubt nicht an die medizinische Wissenschaft, sie mag ausgeübt werden von wem immer.

Fr. Zandt (zu Flamm gerichtet). Haben Sie noch nicht den Versuch gemacht, Herrn Sparsam zu einer anderen Auffassung der ächten Heilkunst zu bringen? Oder (schalkhaft) sollte sich Ihre Kunst, Felsen zu sprengen, bloß bei Frauenherzen bewähren?

Ophelia (sehr ärgerlich, bei Seite). Ach, die hat ja schon mein ganzes Kleeblatt zwischen ihren Krallen! Daß ich doch die meinigen zwischen ihren Augen einbohren könnte!

Flamm (bei Seite). Ich muß dieser Katzbalgerei ein Ende machen. (laut) Fräulein Gruft wird gewiß erstaunt sein, daß wir bis jetzt noch nicht nach dem Befinden des theuern Kranken gefragt haben. Es dürfte also nicht überflüssig sein zu bemerken, daß wir bereits von Podium erfahren haben, daß sein Zustand sich heute Morgens bedeutend gebessert hat.

Ophelia. Und dennoch bin ich um den armen Mann besorgt. Diese wiederholten Unfälle.........

Flamm. Und was sagt der Doktor?

Ophelia. Der ist so eben bei seinem Patienten eingetreten, und sucht gewiß vergeblich wie immer den Unbeugsamen zu bekehren.

Flaum. Dann wird Ihre Gegenwart gewiß im Krankenzimmer nöthig sein, und wir wollen nicht weiter stören. (sich erhebend) Ich bitte, mich Herrn Sparsam bestens zu empfehlen.

Fr. Zandt. Und ich bitte hinzuzufügen, daß ich bei der Aufführung der neuen Posse Krankheit simuliren werde, wenn mein Chef durch Krankheit verhindert sein sollte, dieser Aufführung beizuwohnen.

Ophelia (sich verneigend, zur Seite, ärgerlich). Die thut ja, als wenn sie Herrn Sparsam eine Liebeserklärung machen wollte!

Flaum (Frau Zandt nach der Mittelthüre führend). Sie thaten ja, als wollten Sie die Alte durchaus wüthend machen.

Fr. Zandt. Hätten Sie nur nicht intervenirt und mir den Spaß verdorben. (Beide ab.)

Ophelia allein. Dann Podium.

Ophelia. Wenn der alte Hypochonder je wieder sein Krankenzimmer verläßt, will ich schon dahinter kommen, was die Bemerkungen dieser Koulissentugend bedeuten sollen. Doch, wo bleibt denn Podium? (klingelt.)

Podium (schüchtern eintretend und, als er Ophelia erblickt, an der Thüre stehen bleibend, bei Seite). Hier ist sie. Nun, alte Theatermaus, sei auf Deiner Hut, denn Du stehst hier einer Katze gegenüber, deren Krallen Du mit verschmähter Eitelkeit vergiften mußt. — Sollte ich ihr nicht lieber etwas vorlügen? Aber der Lehrer der Seelenkunde hat mir eine Lektion gegeben, die mir einen höll'schen Respekt einflößt. (laut) Guten Tag, Fräulein Gruft!

Ophelia (sich umdrehend). Ah! Ist er es, Podium?

Podium (bei Seite). Leider bin ich es. Ich wollte schon, es wäre ein Anderer an meiner Stelle hier.

Ophelia. Nun, warum spricht Er denn nicht? — Hat er seine Sache gut gemacht?

Podium. Ich habe die Sache gar nicht gemacht. Dazu ist es gar nicht gekommen.

Ophelia. Hat Er dem Doktor meinen Brief gegeben?

Podium. Gewiß habe ich; aber, als ich das that, war ich schon so weich gedroschen, daß ich Ihnen mit dem besten Willen nicht sagen kann, ob er dabei gelacht oder geweint, ob er sich gefreut oder geärgert hat.

Ophelia. Der Doktor scheint Ihm etwas angethan zu haben. Man weiß ja gar nicht, was man aus Sein'm Geschwätz machen soll.

Podium. Versuchen Sie's nur selbst, hinzugehen und den auszuforschen zu wollen, dann werden Sie wissen, wie's mir jetzt zu Muthe ist. Kaum hatte ich einige Worte gesprochen, so wußte er schon, wie ich meine ersten Zähne durchgemacht und wieviel Mal ich Aepfel in Nachbars Garten gemaust habe. Und das kommt alles von der Seelenkunde. Er liest nämlich ein Kolleg an der Universität, und da studirt er den inneren Menschen, das heißt nicht den Menschen von Fleisch und Bein, denn das ist die Anatomie, sondern den Menschen, der da oben (auf seinen Kopf) und hier unten (auf sein Herz deutend) steckt. Und wer den etwas vornehmen will, der wird unter's Messer genommen, das heißt nicht das Messer von Stahl......

Ophelia. Schwätze Er doch nicht solch' hirnverbranntes Zeug.

Podium. Hirnverbrannt! Das viel weniger; aber die Hände habe ich mir verbrannt, als ich für Sie die Kastanien aus dem Feuer holen sollte. Danke schön! Bitte nächstes Mal einen Andern mit solchen Aufträgen zu beehren.

Ophelia. Mach' Er, daß Er fortkommt, altes Rindvieh das er ist.

Podium. Rindvieh! — Das ist doch ein Bischen zu stark; und ich hätte wohl das Recht, Ihnen diesen Schimpf zurückzugeben. (bei Seite im Abgehen) Aber unser Einer hat auch etwas von der Naturgeschichte gelernt, und weiß, daß das Rindvieh nie vierzig Jahre alt wird (ab).

Ophelia. Dann Amalie.

Ophelia (allein). Verdammter Taugenichts, der unter Sünden grau geworden, und dennoch nicht mit Geschick zu sündigen weiß.

Amalie (von der rechten Seite eintretend). Guten Tag, Fräulein Gruft! Ist der Doktor noch bei meinem Vater?

Ophelia. Das könntest Du am besten bei Deinem Vater erfragen. (Sie ergreift ein Buch.)

Amalie. Aber das geht ja nicht, liebe Gruft. Denn, wenn der Doktor bei meinem Vater ist, und seine Untersuchung, Betastung, Beklopfung und Behorchung vornimmt, wär' es doch unschicklich für ein Mädchen, zu erscheinen; und doch möchte ich gerne meinen Vater sehen, nachdem er eine so schlimme Nacht zugebracht hat.

Ophelia. Wenn Du Dich nur daran gewöhnen wolltest, Deine Zunge etwas mehr nach den Regeln der Schicklichkeit zuzustutzen. Ausdrücke, wie Du sie eben gebrauchtest, und die sich auf die physischen Eigenschaften des fleischlichen Leibes beziehen, passen wohl in die prosaische Sprache eines Medikus, aber gewiß nicht in den keuschen Mund eines jugendlichen Mädchens. Ich sage Dir's noch einmal, Amalie, Du kannst nicht das Schicksal beklagen, wenn Dein Benehmen ohne Politur und Deine Moral ohne feste Grundlage bleibt, denn (mit affektirter Würde) an gutem Muster und eifriger Ermahnung hat es Dir wahrlich nicht gefehlt.

Amalie. Machen Sie doch um Gotteswillen kein so fürchterlich ernstes Gesicht, liebe Gruft! Ich weiß wohl, daß ich ein ungezogenes, ausgelassenes, unpolirtes und (seufzend) in seiner Moral schlecht begründetes Geschöpf bin; aber daran, liebe Gruft, sind Sie, wenigstens zum Theil, selbst Schuld. Sie machen bei jeder Kleinigkeit, die Sie mir zu sagen haben, eine so langgezogene, hochwichtige, völkerheilbesorgte Diplomatenmiene, daß mir ganz großmütterlich dabei zu Muthe wird, und es kommt mir oft vor, als fühlte ich die Zwickbrille auf meiner knochighöckerigen Nase, die fingertiefen Runzeln in meinen zahnlosen Wangen, und die Erbauungslieder für fromme Christenfrauen in meinen zitternden Händen. Zum Glück rührt sich gewöhnlich bald in mir der kleine Dämon; ich lache laut auf über meine eingebildete eigene Würdigkeit, drehe mich (indem sie so thut) in einem Anlauf dreimal um meine Achse, und siehe da, die Brille ist aus ihrem festen Sattel geworfen, (indem sie ihre Wangen aufbläst) meine Wangen dehnen sich zu Posaunenengelsfülle aus, und von den Erbauungsliedern bleibt mir noch die schöne Musik übrig, die der liebenswürdige Oberkantor unserer Kirche zu einigen derselben komponirt hat. Natürlich glauben Sie dann, liebe Gruft, daß ich über Ihre weisen Lehren lache, und schelten mich dann eine Tollhäuslerin, ein verlorenes Geschöpf, eine moralische Selbstmörderin; und das thut mir oft sehr wehe, denn ich lache ja nicht über Sie, liebe Gruft, gewiß nicht, sondern über mich selbst und meine vergeblichen Anstrengungen, meinem Gesichte jenen würdevollen und faltenreichen Ernst zu verleihen, der Ihnen, liebe Gruft, angeboren zu sein scheint.

Ophelia (ärgerlich). Du schwatzest schon wieder dummes Zeug, Mädchen! Ich sehe leider, daß der Dir innewohnende kleine Dämon mit Deinem eigenen Wachsthum gleichen Schritt hält, und ich fürchte, daß er bald uns allen über den Kopf wachsen wird.

Amalie (sich umsehend). Ach, wenn doch der Doktor schon da wäre, daß ich erfahren könnte, was er von meinem Vater hält! Giebt er mir gute Hoffnung, so will ich auch guten Muthes sein, denn er gehört zu der kleinen Zahl von Aerzten, die mehr zu halten pflegen, als sie versprechen.

Ophelia. Du scheinst sehr für Fellmann eingenommen zu sein! —

Amalie. Warum sollte ich nicht sein, was Jedermann ist, der ihn kennt? Gehören Sie nicht auch zu seinen Verehrern, liebe Gruft? Habe ich doch bemerkt, daß Sie in seiner Gegenwart besonders heiter gestimmt sind, und jedem seiner Worte mit ungetheilter Aufmerksamkeit lauschen.

Ophelia. Ein junges Mädchen sollte weniger an Anderen bemerken, und lieber mehr auf sich selbst merken. Wenn man Dir zuhört, sollte man glauben, daß Du den Doktor ganz für Dich behalten möchtest, und es nicht gerne siehst, wenn auch andere an ihm Wohlgefallen finden. (gleichgültig) Uebrigens kannst Du unbesorgt sein, denn ich wüßte keinen Menschen auf dieser Erde, der mir gleichgültiger ist als Doktor Fellmann.

Amalie (bei Seite). Fellmann schärft mir immer ein, mein Geheimniß dadurch zu wahren, daß ich Fräulein Gruft auf falsche Spur leite. (laut) Gleichgültig ist mir Doktor Fellmann gewiß nicht. Wie könnte einem auch Gelehrsamkeit, Witz, Offenheit und guter Ton, in einem schönen jungen Manne vereinigt, gleichgültig sein?

Ophelia. So! — Nun, ich muß Dir gestehen, Amalie, Du hast es im Geschmack für männliche Vorzüge sehr weit gebracht. Bleibt nur noch die Frage, ob nicht einst Dein unreifes Urtheil mit Deinem noch unreiferen Verstande davon läuft?

Amalie. Da wäre auch kein Anderes Schuld daran, als Sie, liebe Gruft; denn, anstatt mir mit Ihrem reifen Verstande und **I h r e r g r o ß e n E r f a h r u n g** beizustehen, und mir einen richtigen Begriff von ächtem Männerwerth zu geben, vermeiden Sie jedes Gespräch, welches mich über die Stellung des Weibes zum Manne belehren könnte, und sprechen mir jedes Urtheil ab über einen Gegenstand, den ich doch einst zu beurtheilen bestimmt bin.

Ophelia. Du scheinst dieses Einst kaum erwarten zu können, und der Doktor scheint in diesem Einst eine Hauptfigur zu sein.

Amalie. Und wäre denn das etwas Unrechtes, liebe Gruft? Ich habe immer gehört und gelesen, daß jedes denkende Mädchen sich in seiner Jugend ein Ideal bildet, vor dem es im reiferen Alter die ihm begegnenden Männer Revue passiren läßt. Auch ich mache an Fellmann meine idealistischen Studien, und diese werden vielleicht einst meine Wahl bestimmen.

Ophelia (aufstehend). Du scheinst schon sehr weit in Deinen Studien gekommen zu sein, und ich will auch einmal eine gute Lehrerin in **D e i n e m** Sinne sein, und Dich mit Deinem Ideale, welches bald kommen muß, allein lassen (ab nach rechts).

Amalie, dann Podium.

Amalie (allein). Das Zusammenleben mit dieser Tugend-aus-Noth wird immer unausstehlicher. Ist es doch schon hart genug, eine **G r u f t** Jahr aus Jahr ein „**l i e b e G r u f t**" nennen zu müssen; da kommt noch die Angelegenheit mit dem Drama meines Julius dazu, und ich darf sie nicht einmal wie sonst mit meinem „**M a n g e l a n g u t e r S i t t e**" ärgern. (ärgerlich) Wenn die Sache nicht bald ein Ende nimmt, laufe ich noch meinem Julius nach. (Sie wird nachdenkend.)

Podium (leise die Mittelthüre öffnend, bei Seite) Die Alte ist fort. (ein Blatt Papier hervorziehend) Fräulein Amalie wird mir die Kopie lesen, und ich werde wissen, was die Alte von dem Doktor gewollt. (laut) Guten Tag, Fräulein Amalie!

Amalie (sich umdrehend). Bist Du's, Podium?

Podium. Ja wohl bin ich's, und um eine kleine Gefälligkeit möcht' ich Sie ersuchen. (ihr das Blatt hinreichend) Bitte, lesen Sie mir das Ding da.

Amalie (nachdem sie für sich gelesen). Wie kommst Du zu diesem Papier?

Podium. Ich habe es heute Morgens hier am Boden gefunden.

Amalie. Hat es außer mir noch Jemand gelesen?

Podium. Bewahre! Ich dachte gleich, es könnte ein Konzept von Ihnen oder von Fräulein Gruft sein, und da behielt ich es bei mir, bis ich Sie hier traf.

Amalie. Podium, Podium! Du bist schon so alt und gebrechlich, und doch noch so rüstig in Deinen schlechten Streichen. Erstens weißt Du meine Schrift von der des Fräuleins wohl zu unterscheiden, trotzdem Du nicht lesen kannst: Du hast mich also **b e l o g e n**; zweitens giebt man ein gefundenes Blatt nicht mit den Worten hin: „Bitte, lesen Sie mir das." Du hast mich also auch **b e t r o g e n**. (zerreißt das Blatt und wirft es in den Papierkorb) Nimm Dich in Acht, Podium! Denn wenn es mir einmal einfällt, Dich aus dem Hause zu jagen, so (auf die Thüre deutend) bekommst Du gewiß diese zweckmäßige Oeffnung, die der Zimmermann gemacht, nie wieder von der inneren Seite zu sehen! Nun kannst Du gehen! kommst aber heute Abend auf mein Zimmer, und sagst mir, wie Du zu diesem Blatte gekommen bist. (Sie setzt sich und nimmt eine Handarbeit vor.)

Podium (im Abgehen, bei Seite). Verdammt! Heute will mir aber auch gar nichts gelingen. Doch das schadet einem Genie nicht! Weiß ich doch, daß die Alte etwas geschrieben hat, was ich **n i c h t** wissen soll. Darauf läßt sich vielleicht weiter bauen. (sich an der Thüre umdrehend) Fräulein Amalie!

Amalie. Was? Du bist noch da?

Podium. Nicht wahr, Fräulein Amalie, Sie sind viel zu gutherzig, um nicht einem alten Krüppel einen kleinen Jugendstreich zu verzeihen? (mit Humor) Uebrigens bin ich schon manchmal mittelst magneto=elektrischer Fußtritte durch diese Oeffnung spedirt worden, und habe sie doch immer wieder von der inneren Seite zu sehen bekommen. Ich bin und bleibe unentbehrlich, denn ohne mich ist das Ganze kein

Ganzes, und die Halbheit ist noch schlimmer als ich. (bei Seite) Und nun nach Doktor Fellmanns Wohnung, wo ich seine Nachhausekunft abwarten will. Er muß wissen, was hier Alles gesponnen wird; denn nur die Seelenkunde kann hier Rath schaffen. (ab.) —

Amalie, Dr. Fellmann.

Dr. Fellm. (von der linken Seite, nach innen sprechend). Bleiben Sie nur, Herr Sparsam! Schonen Sie sich so lange der Anfall dauert, und machen Sie denn nun so mehr Bewegung während der Intermission. (Amalie erblickend) Ah! Guten Tag, Fräulein Amalie!

Amalie. Guten Tag, Doktorchen! Wie geht es meinem Vater? Was halten Sie von ihm?

Dr. Fellm. Ihr Vater, schönes Kind, hat nichts weniger und nichts mehr als ein Wechselfieber, welches er sich auf einer Reise am Po zugezogen. Nur das Verharren auf seinem Grundsatz, durchaus nichts zu nehmen, was nach der Apotheke riecht oder schmeckt, hat sein Leiden so lange hinausgezogen und verschlimmert. Aber, ich will nun der Sache ein Ende machen, und ihm wider seinen Willen und ohne sein Wissen das nöthige Mittel beibringen. Er hat die Gewohnheit, vor jeder Mahlzeit ein Gläschen holländisches Bitters zu trinken, und hält immer einen Vorrath davon in seinem Keller. Sie werden mir einige Flaschen davon in meine Wohnung zu schaffen suchen. In diesen werde ich einige Drachmen Chinin auflösen, und Ihr Vater wird das nicht merken, denn bitter ist bitter, und einen Geruch hat das Chinin nicht.

Amalie. Sie wissen immer zu helfen, Doktorchen! Ich will sobald als möglich Ihren Auftrag ausführen. (sich umsehend, halblaut) Wie steht's denn sonst? Haben Sie mit meinem Vater in Julius' Angelegenheit gesprochen?

Dr. Fellm. Ich habe es diesmal unterlassen müssen, denn er ist zu sehr angegriffen. Indessen habe ich mir einen neuen Verbündeten erworben, der bei Ihrem Vater mehr vermag, als wir beide zusammen.

Amalie. Und dieser Verbündete ist?

Dr. Fellm. Kein anderer, als Ihre strenge Hofmeisterin......

Amalie. Was? Fräulein Gruft?

Dr. Fellm. Fräulein Ophelia Gruft.

Amalie (bei Seite). Das war also wirklich ein Konzept, zu einem Briefe, den Fellmann erhalten hat. (laut) Und von Fräulein Gruft erwarten Sie eine Verwendung für das Drama meines Julius'?

Dr. Fellm. Und wäre denn das so sonderbar?

Amalie. Aber, lieber Doktor! Fräulein Gruft ist ja Flaum's mächtigste Schutzpatronin; und wenn der es für gerathen hält, Jemandem zu opponiren, so deckt ihm Fräulein Gruft gewiß den Rücken. Ja, ich weiß es gewiß, daß das Fräulein viel dazu beigetragen hat, die Annahme des Drama's zu hintertreiben, daß sie meinem Vater abrieth, es zu lesen, da er, wie sie meinte, seine Zeit besser verwenden könne, und daß ihr Flaum mit strahlendem Gesichte die Nachricht brachte, daß der „aufgeblasene Junker" abgethan sei.

Dr. Fellm. Das ist einerseits sehr schlimm, andererseits aber ist es gut, daß ich es weiß, denn ich wollte mir soeben bei Fräulein Gruft eine Audienz erbitten lassen. Indessen muß Sie dies alles nicht entmuthigen, denn kommt Zeit kommt Rath, und, soviel kann ich Ihnen sagen, von einer Seite habe ich im voraus gewonnenes Spiel.

Amalie. Aber, lieb Doktorchen, nehmen wir an, alle Hindernisse sind weggeräumt, und die Tragödie wird zur Aufführung gebracht, sind wir denn auch sicher, daß das Publikum uns nicht einen Strich durch die Rechnung macht? Sie wissen, daß kein Künstler und keine Schöpfung auf den sicheren Beifall der Menge rechnen kann; und stehen nicht unseren Feinden alle Mittel zu Gebote, auf das Publikum einzuwirken, um Julius' Werk zu Falle zu bringen?

Dr. Fellm. Die Vorzüge dieses Werkes sind von jener Gattung, welche die Ansprüche des geläuterten Geschmacks wie die Erwartungen der Zerstreuung suchenden Menge in gleichem Grade befriedigen muß. Nur in dem Mittelmäßigen, wo das Hohe mit dem Niedrigen, das Schöne mit dem Häßlichen um den Vorrang streitet, da ist das Urtheil der Menge schwankend und oft falsch. Das wahrhaft Reine wie das ganz Gemeine findet Jeder aus, der eine Seele hat. Die Sonne findet jeder schön, und der Wilde betet sie sogar als Gottheit an; der Aussatz findet keinen Sänger, und keine Menschengattung bringt ihm Opfer dar.

Amalie. Sie sind begeistert, lieber Doktor!

Dr. Fellm. Ich bin begeistert, schönes Kind! Ein Zustand, in den ich äußerst selten gerathe, und in dieser Seltenheit findet diese Begeisterung auch ihre Berechtigung.

Amalie. Wenn man Sie so sprechen hört, Doktorchen, muß man schon Muth bekommen. Aber (sich umsehend) ich muß Ihnen noch etwas mittheilen. Ich habe in der letzten Zeit bemerkt, daß Flaum nicht nur in Theaterangelegenheiten, sondern auch in Heirathsspekulationen mit meinem Vater zusammen arbeitet.

Dr. Fellm. Am Ende spekulirt Herr Flaum gar auf die offen stehende Gruft, die, wie ich höre, zehntausend Thaler in ihrer Höhle bergen soll.

Amalie. O, das wäre das schlimmste nicht. Ich hätte sogar dreifachen Grund, diese Verbindung herbeizuwünschen, denn erstens käme die Gruft, die im Grunde, wie jede alte Jungfer, zu bedauern ist, unter die Haube, zweitens bekäme Flaum, den ich nicht ausstehen kann, einen tüchtigen Zuchtmeister, und drittens könnte ich dadurch in der befriedigendsten Weise eines Zuchtmeisters los werden. Aber leider scheint eine solche Verbindung nicht in seinem Plane zu liegen.

Dr. Fellm. Und welche denn, wenn ich fragen darf?

Amalie. O, es läuft mir wie ein Schauer durch alle Glieder, wenn ich daran denke. Flaum fängt seit einiger Zeit an, mir mit der Zudringlichkeit eines Hausirers die Kur zu machen, und mein Vater benützt jede Gelegenheit, mir von den hohen Verdiensten und glänzenden Eigenschaften dieses Orangutangs vorzutragen, und darauf anzuspielen, wie glücklich das Mädchen sein dürfte, welches er zu seiner Lebensgefährtin machen würde.

Dr. Fellm. (lachend). Das ist köstlich! Das ist wahrhaft köstlich! (nachdenkend im Zimmer auf- und abgehend) Nun, wir wollen sehen, was sich gegen diese Koalition Sparsam=Gruft=Flaum thun läßt. Wenn nicht alle Stricke reißen, so sollen die Heirathsspekulationen des Orangutangs dahin führen, daß er die alte Jungfer heim führt. Adieu! (ab, von den staunenden Blicken Amalien's gefolgt, während der Vorhang fällt.)

Dritter Aufzug.

Dr. Fellmann's Zimmer, wie im zweiten Aufzuge.

Dr. Fellmann, Diener, später Podium.

Dr. Fellmann (durch die Mitte eintretend, zum Diener, der ihm Hut und Stock abnimmt). Hast Du Herrn Flaum getroffen?
Diener. Zu dienen, Herr Doktor!
Dr. Fellm. Nun, was sagte er?
Diener. Er versprach, um sechs Uhr hier zu sein.
Dr. Fellm. (auf seine Uhr blickend). Wenn er pünktlich ist, so habe ich gerade noch Zeit, eine Zigarre zu rauchen und meiner guten Matilde einige Worte der Beruhigung zu schreiben. (während er eine Wachskerze anzündet, und eine Zigarre ansteckt) Hat Niemand nach mir gefragt?
Diener. Der krüppelhafte Mann vom Theater, der schon gestern zweimal hier war, und es sehr nöthig zu haben scheint.
Dr. Fellm. Ich will jetzt schreiben, und bin für Niemanden zu Hause, als für Herrn Flaum. (Diener ab. Fellmann setzt sich zum Schreibtisch und holt Papier hervor.) Ich habe unlängst über Julius gelacht, als er wegen der Antwort des Direktors so ungeduldig war; jetzt habe ich mit dem Werke auch das Autorenfieber übernommen. (Pause.) Man hört so oft die Leute sagen, es gebe keine Freundschaft mehr; und doch, wenn man's genau betrachtet, thut man Manches für seine Freunde, was man für sich selbst nie thun würde. Dieser Flaum ist mir die unausstehlichste Figur auf Gottes Erde; jetzt muß ich ihm die Ehre anthun, ihn zum Gegenstande meiner Aufmerksamkeit zu machen, weil er meinem Bestreben für den Freund im Wege steht. (Man hört einen Lärm hinter der Thüre, Podium erscheint, von dem Diener gefolgt, der ihn mit Gewalt zurückhalten will.)
Podium (den Diener von sich stoßend). Ich muß hinein, und wenn der Pabst mit dem ganzen Kardinalkollegium und alle Professoren der Seelenkunde bei ihm wären. (zu Dr. Fellmann, der aufgestanden war) Guten Tag, mein hochgeehrter Herr Doktor! Entschuldigen Sie, daß ich es wage, in die Nähe Ihres anatomischen Messers zu kommen — ich meine das Messer des Geistes, wie Sie es zu nennen beliebten — aber es ist sehr, sehr dringend.
Dr. Fellm. Nach Euerer Vermessenheit zu urtheilen, müßte es sich um ein Menschenleben handeln.
Podium. Ganz richtig: Um ein Menschenleben; das heißt, es handelt sich darum, wie ein gewisser Mensch leben soll.
Dr. Fellm. Wollt Ihr nicht etwas deutlicher sein, mein Alter?
Podium. Vor Allem muß ich Ihnen sagen, daß ich ein ehrlicher Mann werden will, ja, daß ich in diesem Augenblicke bereits ein ehrlicher Mann bin.
Dr. Fellm. Und was geht denn das **mich** an?
Podium. Gewiß geht es **Sie** an, Herr Doktor, denn eigentlich sind **Sie** an allem Schuld.
Dr. Fellm. Ich?
Podium. Sie, und kein Anderer. Seitdem Sie mir gestern sagten, daß Sie mich lebendig seziren möchten, kann ich keinen Augenblick Ruhe finden. Ich fühle

immer, als wenn Jemand an meiner armen Seele herumschnitte, ja ich glaube sogar, daß ich schon lebendig sezirt bin. Die ganze Nacht sah ich die zergliederten und geöffneten Theile vor mir liegen; unter diesen das alte Sünderherz, wie Sie es zu nennen beliebten, mit seinen geöffneten Kammern: und ich muß gestehen, es sieht da drinn gar zu unsauber aus.

Dr. Fellm. Aber, lieber Freund, das hättet Ihr mir doch zu jeder anderen Zeit sagen können, und ist allenfalls nicht so dringend genug, um Euer gewaltsames Eintreten zu rechtfertigen.

Podium. Es ist dringend, mein guter Herr Doktor, (weinerlich) für einen alten Sünder, der auf sein verruchtes Leben zurücksieht, und nur so wenig Zeit übrig hat, um rechtschaffen zu sein. (schluchzend) Auch daß ich weine, ist dringend, denn es heißt allgemein, daß ein Spitzbube, der noch weinen kann, nicht ganz verloren sei, und ich will n i ch t ganz verloren sein; ich kann, ich will und ich werde weinen, so viel zu einem nicht ganz verlorenen Spitzbuben nöthig ist. Und daß ich j e tzt mit Ihnen spreche, ist auch dringend, denn sonst wird im Hause meines guten Herrn ein Trauerspiel gespielt, und die liebe herzige Amalie bekommt den Intriguanten, den Bösewicht, den dummen Jungen des Stücks, den abscheulichen Flaum zum Manne.

Dr. Fellm. Wie? — Flaum? —

Podium. Ja wohl, Flaum; und ihrem eigenen Vater und ihrer tugendhaften Gouvernante wird sie zu danken haben für die Bescheerung.

Dr. Fellm. Aber, woher wißt Ihr das Alles?

Podium. Das will ich Ihnen sogleich erzählen; aber vorerst müssen Sie an meine Bekehrung glauben, denn eigentlich ist das, was ich Ihnen zu sagen habe, auch so eine Zwischenträgerei, wie Sie es nennen würden; aber, es ist eine von der edlern Sorte; sie wird unternommen, um (mit Affektation) ein holdes Geschöpf aus den Klauen eines Ungeheuers zu retten, und (mit Stolz) ich opfere meine Grundsätze, die jede Ohrenbläserei als ein abscheuliches Laster verdammen, um diesen schönen Zweck zu erreichen!

Dr. Fellm. Ihr sprecht im Rausche, lieber Freund!

Podium. Rausch, ja wohl, Herr Doktor! Sie sind ein ausgezeichneter Mensch, ein großer Philosoph, ein Meister der Seelenkunde; und Sie finden immer das rechte Wort. Es ist der Rausch der Tugend, die mich betäuben muß, wie der Geruch von Jamaikarum Den betäubt, der nie im Leben ein Schnäpschen getrunken hat. Ich kneipe jetzt Tugend aus ellenhohen Zylindern, wie der Leipziger Civis seine Gohse. (zieht einige Briefe hervor) Sehen Sie diese telegraphischen Depeschen der Sünde, wie Sie sie nennen würden; ich verurtheile sie zum Feuertode in Magna di allegoria! wie's in der lateinischen Sprache der spanischen Inquisition in Italien heißt. (Er zündet die Briefe an der brennenden Kerze an, und wirft sie in den Kamin.) Sehen Sie, wie sie auflodern, diese papiernen Küsse, diese geschriebenen Umarmungen, diese süßen Stelldichein, jedes nur dem Einzigheißgeliebten gewährt, aber mit genauer Angabe der Minute, damit nicht zwei Einzigheißgeliebte sich zusammentreffen. Diese Hand soll lebendig begraben werden — und Sie wissen, was das für mich sagen will — wenn sie je wieder s o l ch e Briefe trägt! Ich will mich von der Bühne in's Privatleben zurückziehen, und wissen, was mein frommer Pflegevater war, ein Todtengräber des Morgens, ein Leichenbitter des Nachmittags, ein Krautschneider des Abends, und ein Ladenwächter des Nachts. Als er starb, wurden aus seiner ganzen Habe drei Thaler, dreizehn Silbergroschen, acht Pfennige gelöst. Ich will auch sterben wie er, und meine Erben sollen sich meinen Buckel anärgern; aber ich will als ehrlicher Mensch, ehrlich und mausetodt begraben werden! Von heute an soll Podium nie mehr das Podium betreten! —

Dr. Fellm. Aber damit, lieber Freund, weiß ich noch immer nicht, was Ihr mir mitzutheilen habt? —

Podium. Das will ich Ihnen nun als e h r l i ch e r Mann erzählen. Gestern Morgens, nachdem ich von Ihnen mit einer so vollen Ladung heimgeschickt wurde, stand ich im Empfangszimmer meines Herrn, und ordnete jene Briefe (auf den Kamin deutend), als Herr Flaum mit Frau Zandt — Kennen Sie Frau Zandt? (Fellmann nickt bejahend) — also mit Frau Zandt eintrat, um sich über das Befinden des Herrn Direktors zu erkundigen, und bei Fräulein Gruft, wie man's gewöhnlich nennt, eine förmliche Theilnahmsvisitte zu machen. Ich erzählte, daß der Patient seit dem Morgen etwas besser fühle, worauf mir Herr Flaum einen Thaler für die gute Botschaft gab. Nun muß ich Ihnen gestehen, daß ich Herrn Flaum nie sehr hold war, denn er trug die Nase zu hoch, und ich konnte mich durchaus nicht erwehren, in ihm etwas wie meines Gleichen zu sehen, und beides war eben nicht sehr für ihn empfehlend. Diese Abneigung wuchs bei mir im dem Maaße, als Herr Flaum in der Gunst meines Herrn und des Fräulein Gruft stieg, und da ich in der letzten Zeit bemerkt hatte, daß Herr Flaum die liebliche Sylphe, Fräulein Amalie, mit seinen lüsternen Blicken verfolgte, ging diese Abneigung in wirklichen Haß über. Zugleich war es mir nicht entgangen, daß Herr Flaum und Frau Zandt in den Zwischenakten sehr oft die Köpfe zusammensteckten, und von der Dienerin der Zandt, die die Tochter meines Schuhmachers ist, erfuhr ich, daß Herr Flaum ein täglicher Gast bei ihrer Herrin sei. Daß diese außerhalb der Bühne bis an die Gurgel zugeknöpfte, tiefbetrübte Wittwe nicht zu den ganz fleckenreinen Diamanten gehört, war ebenfalls schon lange meine feste Ueberzeugung, und da ich wußte, daß das edle Paar mit seiner Theilnahmsbezeugung etwas lange auf Fräulein Gruft warten werde, so fand ich da die beste Gelegenheit, ein interessantes Gespräch anhören zu können, und ich ging zwar zur Thüre hinaus, schlüpfte aber bald durch dieselbe zurück, und kroch unter einen Tisch.

Dr. Fellm. In der Sprache der ehrlichen Leute heißt das Spioniren, mein guter, ehrlicher Podium.

Podium. Das ist wohl wahr. — Aber das war ja noch in der alten Zeit, bevor ich ein ehrlicher Mann geworden; das heißt, es war eigentlich an der Grenzscheide zwischen dem alten und dem neuen Podium: denn dort unter dem Tische nahm ich mir vor, zu Ihnen zu gehen, Ihnen Alles zu sagen, und ein ehrlicher Mensch zu werden.

Dr. Fellm. So! Das ist nicht übel. Unter dem Tische ist das geeignetste Medium für eine solche Umgestaltung. Man ist dort in der Mitte zwischen Himmelreich und Hölle, von beiden nur durch ein dünnes Brett geschieden. Man ist dort nicht liegend wie im Grabe, nicht stehend wie auf der Erde, nicht fliegend wie in der Luft, sondern auf allen vieren kauernd, als wollte man sich aus dem einen in das andere hinüberschmuggeln. — Nun weiter, mein Alter!

Podium. Dort erfuhr ich haarsträubende Dinge. Erstens ist Herr Sparsam in Frau Zandt bis über die Ohren vernarrt, und wird ihr bald mit einer „offenen Erklärung" entgegen kommen. Verstehen Sie wohl, „mit einer offenen Erklärung," die eigenen Worte der dick in Tugend machenden Frau Zandt.

Dr. Fellm. (auffahrend). Das ist ein Unglück, Alter! ein großes Unglück! Denn der wird mit seiner festpichenden Konsequenz sehr schwer von der Leimruthe zu ziehen sein. (nachdenkend) Hier muß etwas gethan werden, bevor er sich offen erklärt.

Podium. Bitte nur weiter zu hören. Es muß hier noch mehr, und zwar bald gethan werden.

Dr. Fellm. Also —

Podium. Zweitens legt Herr Flaum sein Netz aus, um den schönen Goldfisch Amalie zu fangen, und wenn Sie nicht ein Loch in dieses Netz reißen, so muß sie bald darin zappeln.

Dr. Fellm. Der ist viel weniger gefährlich als der Alte. Sein Netz hat bereits ein Loch.

Podium. Sie entschuldigen, Herr Doktor! Ich habe den größten Respekt vor Ihrer Seelenkunde, aber ich fürchte, daß sie Sie hier im Stiche läßt. Die beiden Liebesgeschichten hängen eng zusammen. Flaum läßt den Alten durch Frau Zandt bearbeiten, und sie scheint in Flaums Klauen zu liegen, denn sie schien ihm seine Sache nicht so eifrig wie ihre eigene zu betreiben, und er drohte ihr, „alles niederzureißen, was er hier aufgebaut," und sie bloßzustellen, indem er auf etwas anspielte, was zwischen ihnen in Agram vorgegangen sein soll, und das er mit dem Namen „Verbrechen" belegte.

Dr. Fellm. (aufgeregt im Zimmer auf= und abgehend, bei Seite). Merkwürdige und (bedeutungsvoll) sehr werthvolle Enthüllungen. (laut, Podium die Hand reichend) Kommt her, Alter! Ich danke Euch, obwohl ich die Art und Weise nicht billigen kann, wie Ihr zu diesen Enthüllungen gelangt seid. Ich betrachte Euere Mittheilung als die Beichte einer verlorenen Seele, die wie ein Phönix aus der Asche der Sünde zu einem neuen Leben aufsteigen will. Was Ihr mir soeben erzählt habt, ist für mich von unermeßlichem Werthe, und ich wäre ein Heuchler, wollte ich meine Freude darüber verhehlen, daß ich von diesen Vorfällen unterrichtet bin. Aber von nun an müßt Ihr nie vergessen, daß, wenn wir je die Thorheiten unserer Nebenmenschen für gewisse erlaubte Zwecke ausbeuten, es nie zu ihrem Schaden geschehen darf, und daß bei allen unseren Handlungen nicht nur die Zwecke, sondern auch die Mittel rein sein müssen. Ich glaube aus Euerem ganzen Wesen schließen zu können, daß Ihr theils schon selbst wißt, theils sehr bald erlernen werdet, was anständig ist, und..........

Diener (eintretend). Herr Flaum wünscht seine Aufwartung zu machen.

Dr. Fellm. Nur einen Augenblick! (zu Podium, der erstaunt dreinblickt, auf die rechte Thüre deutend) Tretet hier ein, und wartet bis ich mit dem fertig bin. (lächelnd) Ihr müßt nicht gerade u n m i t t e l b a r hinter der Thüre Platz nehmen. (Podium mit einem schlauen Lächeln ab nach rechts.)

Dr. Fellmann, Flaum.

Flaum (dem der Diener auf einen Wink Fellmanns die Mittelthüre geöffnet, unter Bücklingen). Guten Tag, mein bester Herr Doktor! Sie waren so freundlich, mich zu einer Besprechung einzuladen, und ich ließ alle Geschäfte stehen, um Ihnen zu Diensten zu sein.

Dr. Fellm. Ich muß Sie vor Allem um Entschuldigung bitten, mein bester Herr Flaum! Ich hätte eigentlich zu Ihnen kommen sollen, aber ich weiß, daß man Sie nur selten zu Hause trifft.

Flaum. Bitte, machen Sie keine Umstände, mein bester Herr Doktor. Es kann mir nichts angenehmer sein, als mich Ihnen gefällig zu erweisen.

Dr. Fellm. Sie sind sehr gütig, mein bester Herr Flaum. — Zünden Sie eine Zigarre an (beide zünden an). Und nun zur Sache! (leicht) Sie kennen wohl die Tragödie von Julius v. Dahlen? —

Flaum. Hm! — Ja! — Soweit ich überhaupt mit den Manuskripten bekannt bin, die bei der hiesigen Bühne einlaufen.

Dr. Fellm. (bei Seite). Auch lügen kann die Bestie! (laut) Und was halten Sie davon, mein bester Herr Flaum?

Flaum. Schwach, mein bester Herr Doktor, sehr schwach. Arme Erfindung, matte Charakteristik, schülerhafte Technik und trockener Styl. Mit Einem Worte: Dilletantismus in jeder Zeile, mein bester Doktor.

Dr. Fellm. So! — (bei Seite) Warte Ochse! Ich will Deiner Urtheilskraft zu Hilfe kommen! (laut) Sie denken also nicht, daß dieses Stück zur Aufführung auf der hiesigen Bühne geeignet ist? —

Flaum. Aufführung? mein bester Doktor! Ich würde mich schämen, für eine Bühne zu schreiben, die solche Machwerke zur Aufführung brächte. Das Ding ist ja gar zu schwach, mein bester Doktor!

Dr. Fellm. Mein bester Flaum, nehmen Sie sich in Acht! Denn, wenn ich Sie meinen besten Flaum nenne, so wird sich schwerlich ein Flaum finden, der Ihnen diesen Superlativ streitig machen wird; nennen Sie mich aber Ihren besten Doktor, so könnten Ihnen leicht die Professoren der Fakultät, die Hofräthe, Sanitätsräthe und geheimen Medizinalräthe einen Injurienprozeß an den Hals werfen.

Flaum (lachend). Sie bleiben immer derselbe, mein bester Doktor. Immer witzig, immer guter Laune. Sie sollten sich im Lustspiel versuchen, mein bester Doktor. Ich bin überzeugt, daß das Publikum sich bei Ihren Stücken krank lachen müßte.

Dr. Fellm. So! — Das könnte mir wohl den Beifall meiner Kollegen erwerben, die das krankgelachte Publikum zur Behandlung bekämen; aber dafür könnte ich auch vom Staatsanwalt in's Loch geschickt werden wegen Handels mit gesundheitsschädlichen Nahrungsmitteln.

Flaum. Ganz ohne Scherz, mein bester Doktor! Sie sollten allenfalls einen Versuch machen.

Dr. Fellm. Ich will Ihnen gestehen, lieber Freund, es fehlt mir an Originalität. Meine Witze sind meistens Reminiszenzen aus Aristophanes, Juvenal, Cervantes, Shakespeare, Jean Paul und andern solchen Käuzen, die ich in meiner Jugend mit Leidenschaft gelesen habe.

Flaum (wichtig). Ja, das ist allerdings vom Uebel. Ein Dichter ohne Originalität ist wie eine Speise ohne Salz, ein Wein ohne Blume, eine Blume ohne Duft.

Dr. Fellm. Das ist schön gesagt und wahr. Doch, appropos! weil wir von Originalität sprechen. Erinnern Sie sich noch des alten Manuskripts, welches vor zwei Jahren aus der hiesigen Stadtbibliothek entwendet wurde?

Flaum (verlegen). So dunkel. — Ich glaube, die städtischen Behörden machten damals große Anstrengungen, um das werthvolle Werk zurückzuerhalten, aber es war alles vergebens. — Wie lautete doch der Titel?

Dr. Fellm. Der Titel war folgender: „Schwänke, Schnurren und Scherze, aus dem Schwabenlande, von Saulus Salinger geschrieben im siebzehnten Säculo." Ich war früher so eine Motte, die am liebsten an alten Folianten nagte. Auf meinen Reisen durchstöberte ich alle Bibliotheken nach alten, in Jahrzehnten unberührten Kroniken, Volkssagen, zünftlichen Jahrbüchern, städtischen Protokollen und andern Kulturhistorischen Scharteken. So fand ich eines Tages auf der hiesigen Stadtbibliothek unter andern Kapitalstücken das genannte Werk des trefflichen Saul Salinger, und ich muß Ihnen sagen, es war das Originellste, was ich je in der deutschen oder ausländischen Literatur gelesen hatte. Jedes Blatt enthielt einen Schatz von Volkswitz, Humor und beißender Satyre. Ich bin oft Stunden lang über diesen morschen, von Staub und Würmern zerfressenen Blättern gesessen, und konnte mich nicht satt d'ran lesen. — Denken Sie sich nun meinen Schmerz, als ich vor zwei Jahren erfuhr, daß das einzige Exemplar, welches, außer Nürnberg, nur die hiesige Stadt von diesem Schatze besaß, durch irgend einen Heiligthumsschänder entwendet worden sei.

Flaum (seine Verlegenheit zu verbergen suchend). Das ist jedenfalls sehr zu bedauern, und Derjenige verdient exemplarisch bestraft zu werden, der die städtische Einwohnerschaft, ja die ganze deutsche Nation eines solchen Schatzes beraubt hat, um ihn vielleicht für schnödes Geld zu verschachern.

Dr. Fellm. Erst unlängst, mein bester Flaum, wurde ich wieder an dieses treffliche Werk und den Verlust der Bibliothek erinnert. Ich ging nämlich in's Theater, um Ihre neueste Posse zu hören, und fand zu meiner höchsten Ueberraschung, daß der ganze Stoff mit den Charakteren, ja selbst die Sprache fast durchgehends dieselben waren, die ich in einer der schönen Erzählungen des Saul Salinger gelesen hatte.

Flaum (in immer steigender Verlegenheit). Wie meinen Sie das, mein bester Doktor?

Dr. Fellm. (leicht). Daß es ein großer Beweis von Ihrer dichterischen Begabung und Originalität ist, wenn Sie in Ihrer Erfindung diesem ausgezeichneten Erzähler so ähnlich werden.

Flaum. Ich versichere Ihnen......

Dr. Fellm. Sprechen wir lieber von unserem ersten Gegenstande. Julius v. Dahlen ist mein liebster Freund, und gegenwärtig auf einer Reise abwesend. Es wäre mir sehr angenehm, wenn ich den Direktor zur Aufführung seines Stückes bewegen könnte. (scharf) Nicht wahr, mein bester Herr Flaum, Sie werden schon mir zu Liebe das Werk noch einmal durchlesen? Vielleicht finden Sie etwas daran, was doch nicht gar so schwach ist.

Flaum (bei Seite). Das ist ein gefährlicher Mensch! (laut, verwirrt) Nun ja, — warum denn nicht? — Ich wollte ja auch nicht sagen — das heißt, ich wollte ja den talentvollen Autoren nicht beleidigen; — ich habe ja Manches in dem Werke gefunden, was allenfalls auf Begabung deutet.

Dr. Fellm. (wie oben). Und wenn Sie das Ding gelesen haben, werden Sie schon mir zu Liebe den Direktor zu bewegen suchen, dem Werke meines Freundes eine nähere Berücksichtigung zu schenken. — Nicht wahr, mein bester Herr Flaum?

Flaum (in höchster Aufregung im Zimmer auf- und abgehend, bei Seite). Der Mensch treibt mir den Schweiß aus allen Poren. (laut) Gewiß! — Es sollte mir das größte Vergnügen verursachen, wenn ich Ihnen gefällig sein könnte; allein, das muß ich Ihnen sagen, mein bester Herr Doktor, diesen Sparsam kann kein Mensch mehr dazu bewegen, diese Tragödie zur Aufführung zu bringen.

Dr. Fellm. Auch Sie nicht, mein bester Herr Flaum?

Flaum (eifrig). Ich schwöre Ihnen bei Allem, was heilig ist: auch ich nicht! Sparsam hat eine fixe Idee, die kein Gott ihm austreiben kann. Diese heißt: Konsequenz. Wenn er einmal Nein gesagt hat, da dürfte sein ganzes Vermögen, seine Bühne und die ganze Stadt darüber zu Grunde gehen, er wird nimmermehr Ja sagen.

Dr. Fellm. Nun will ich Ihnen offen und kurz sagen, mein **bester Flaum**, ich bin fest entschlossen, die Sache um **jeden Preis** durchzusetzen; und da ich weiß, daß Sie bei der Zurückweisung des Stückes die Hand im Spiele hatten, so ver= lange ich von Ihnen, verstehen Sie wohl, ich verlange von Ihnen, daß Sie es wieder zu Ehren bringen.

Flaum (in Verzweiflung auf= und abgehend). Aber mein Gott, mein Gott, Sie verlangen das Unmögliche von mir! — Sie wissen, daß ich Ihnen zu Willen handeln will, ja daß ich Ihnen von jetzt an zu Willen handeln muß; aber in dieser Sache kann ich nichts thun.

Dr. Fellm. (bei Seite). Der Mensch ist so in Angst, daß er jetzt gewiß die Wahrheit spricht. Ich werde meinen Ton herabstimmen müssen.

Flaum (der inzwischen händeringend auf= und abgegangen war, sich vor den Kopf schlagend). Da kommt mir ein Gedanke, und ich glaube, daß er sich ausführen läßt! —

Dr. Fellm. (scharf). Sie sagten soeben, daß **kein Gott** Sparsam umstimmen kann. Ich möchte nicht, daß Sie den **Teufel** zu Hilfe rufen.

Flaum. Das nicht, Herr Doktor! Es ist bloß ein kleiner Theaterstreich.

Dr. Fellm. Und der wäre?

Flaum. Herr Sparsam hat das Manuskript weder gelesen, noch je zu Gesichte bekommen. Er war, wie Sie wissen, in der letzten Zeit oft krank, und Fräulein Gruft, die mir in dieser Angelegenheit zur Seite stand, (lächelnd) weil sie glaubt, daß unsere Interessen einst identisch werden dürften, hat es so einzurichten gewußt, daß das Ma= nuskript ausschließlich durch meine Hände ging. Wenn wir also den Titel ändern, den Namen des Verfassers weglassen, und es verhindern können, daß Fräulein Gruft es zu Gesichte bekömmt, so können wir leicht unsere Sache durchsetzen. Die einzige Schwierigkeit dürfte wohl sein, das Manuskript von den Luchsaugen der Alten fern zu halten; und diese Schwierigkeit wird um so größer, als Fräulein Gruft eine hohe Meinung von ihrem Vorlesetalent hegt, und bisher auch Alles für Herrn Sparsam gelesen hat.

Dr. Fellm. (bei Seite). Jetzt soll mir die Lüsternheit des Urangutang zu Statten kommen. (laut) Wie wäre es, wenn Sie Fräulein Amalie für dieses Amt gewinnen könnten?

Flaum (freudig). O, das wäre gottvoll! — Aber die Gruft wird sich nicht so leicht aus ihrer Stelle rücken lassen.

Dr. Fellm. Dafür wollen wir schon sorgen. Wie ich weiß, spielt die Gouver= nante gerne die Rolle der Diakonissin, und Herr Sparsam stellt ihr bedeutende Summen zur Verfügung, um diese fromme Passion befriedigen zu können. Ich habe in einem nahen Dorfe eine von Allem entblößte arme Wöchnerin, die von einem Kindbettfieber zu genesen anfängt. Die unglückliche Frau, deren Mann im Gefängniß ist, kann nur durch gute Pflege und gute Nahrung zu voller Gesundheit gelangen; ich will Herrn Sparsam um seine Unterstützung für diese Frau angehen, und Fräulein Gruft zu bestimmen suchen, die Pflege der Kranken für einige Tage zu übernehmen. (lächelnd) Fräulein Gruft wird der Bitte eines Mannes, der noch nicht **vergeben** ist, nicht widerstehen können; und während sie am Krankenbette sitzt, und über gewisse **Möglichkeiten** brütet, kann Amalie dem Vater die Tragödie in kleinen Dosen einflößen. Dem guten Kinde, das bis jetzt wahrscheinlich sehr wenig um die An= gelegenheiten des Theaters gekümmert hat, müssen Sie natürlich beizubringen suchen, daß es sich um die Laufbahn eines jungen Talents, ja um das Glück einer ganzen Familie handele, und ich bin überzeugt, daß sie ihr Möglichstes thun wird, um dem Vater die geistige Nahrung mundgerecht zu machen.

Flaum (bei Seite). Welch' glückliche Wendung! Das Manuskript soll mir zum besten Gelegenheitsmacher werden, den sich je ein Verliebter wünschen konnte! (laut, freudig) Das ist ein famoser Gedanke! Fräulein Amalie liest ausgezeichnet, obwohl die Gruft es nie zugeben wollte, und wir haben schon im Voraus gewonnenes Spiel! Ich will sogleich zu Sparsam eilen und die Sache einleiten.

Dr. Fellm. Nur keine Uebereilung, Herr Flaum! Sie dürfen nichts anfangen, bevor einerseits das Manuskript zur Vorsicht abgeschrieben und Titel und Autoren= namen geändert, und andererseits die Gouvernante aus dem Wege geräumt ist.

Flaum. Sie haben Recht wie immer, mein **bester Herr Doktor!** Nun aber will ich Ihre theuere Zeit nicht länger in Anspruch nehmen. Also Adieu! mein

bester Herr Doktor! Ich hoffe Ihnen bald gute Botschaft bringen zu können.
Adieu!
Dr. Fellm. Adieu! mein bester Herr Flaum!

Dr. Fellmann allein.

Dr. Fellm. Die Sache kommt langsam in Fluß, und ich muß nur trachten, daß keine Stockung eintreten soll. Vorerst muß ich an Amalie schreiben, und ihr andeuten, wie sie sich von nun an Flaum gegenüber zu benehmen hat. Sie wird große Augen machen, aber sie wird gehorchen, und auch den nöthigen Takt einzuhalten wissen. (Es ist indessen dunkel geworden. Er klingelt, Diener erscheint.) Zünde Licht an! (Diener ab, und erscheint bald darauf mit zwei Lichtern, während Fellmann im Zimmer auf- und abgeht.) Dann muß ich zu Sparsam gehen, und ihm seine stärkste Verbündete entführen. Endlich muß ich genau überlegen, was aus Podiums Enthüllungen über Frau Zandt und Flaum zu machen sei. Jedenfalls ist es gut, daß Julius abwesend ist, denn diese Dichterseelen sind wie die feinen Seidenstoffe, die selbst gegen Regenwasser empfindlich sind. Wie würde sich zum Beispiel sein Gesicht entfärbt haben, hätte er das lüsterne Schmunzeln des „Urangutang" gesehen, als ich ihm die Aussicht eröffnete, mit Amalie in nähere Beziehung zu treten. Die Begierde schwitzte ihm so aus allen Poren, daß sein kahler Schädel von erbsengroßen Tropfen bedeckt war. Und ähnlich wird es leider der moralstrengen Lehrerin seiner Geliebten ergehen, wenn ich ihr den Antrag stelle, meine arme Patientin unter meiner Anleitung zu pflegen, und sie sich in ihrer Phantasie ausmalt, wie ich ihr „jene Seite meines Wesens zukehre, welche mich ohne die andere unwiderstehlich machen muß." (Er setzt sich und schreibt; worauf er nach der Thüre links geht und Podium herbeiwinkt.)

Dr. Fellmann. Podium.

Dr. Fellm. Setzt Euch, mein Alter, denn ich will ein ernstes Wort mit Euch sprechen. Ihr habt den Wunsch ausgesprochen, das Theater zu verlassen und ein neues Leben zu beginnen. Ich will Euch die Hand dazu bieten, indem ich Euch in meine Dienste nehme. Und mit den besten Bissen meiner Küche will ich Euch füttern, und meinem Kollegen Kaltschnitt will ich die zwanzig Thaler zurückerstatten, und Euch ein ehrliches Grab bereiten, oder, wenn Euch das lieber ist, einen schönen Nußbaumschrank in meiner besten Stube aufstellen (Podium bezeugt seine Freude); aber Ihr müßt durchaus **wahr**, **ehrenhaft** und **verschwiegen** sein, und meine Aufträge genau und wörtlich ausführen. Versteht mich ja wohl, mein Alter! Ich verlange durchaus nicht, daß Ihr nach dem Handbuche der Moralphilosophie leben sollt. Gewiß nicht. Die zehn Gebote werden mir genügen.

Podium. Die zehn Gebote? Ho, ho! lieber Doktor! Sie halten mich, wie ich sehe, für viel schlimmer als ich je gewesen. Von den zehn Geboten habe ich gewiß nur wenig oder gar nichts übertreten. Ich habe mir nie ein Bildniß gemacht, denn ich bin kein Bildhauer, und (leise) habe auch keine Kinder. Ich habe nie ein Bildniß angebetet, außer dem gekrönter Häupter, wenn es auf runde Metallscheibchen geprägt war. Ich habe den Sabbath nie durch Arbeit entweiht, denn ich habe nicht nur a m **siebenten Tage**, sondern a n **allen sieben Tagen** gefeiert. Ich habe nie meine Eltern mit einem Worte beleidigt, denn meinen Vater hab' ich nie gekannt, und meine Mutter starb, bevor ich noch sprechen konnte. Ich habe nie die Ehe gebrochen, denn i ch bin vorläufig ledig geblieben, und die Frauen Anderer (auf seinen Buckel deutend) haben mich immer von hinten angesehen. Ich habe nie ein falsches Zeugniß abgelegt, denn dort, wo ich Beschäftigung fand, brauchte man keine Zeugen. Es hat mich nie nach dem Hause meines Nächsten gelüstet, denn mein Pflegevater wohnte neben einem Friedhofe. Auch nach den Ochsen und Eseln meines Nächsten hat es mich nie gelüstet, denn es giebt Ochsen und Esel genug, die keinem Nächsten angehören.

Dr. Fellm. (ihm die Hand reichend). Alter, Ihr gefallt mir! Ihr sehet die Welt von der närr'schen Seite an: und die ist am Ende die wichtigere. (giebt ihm den Brief) Nun, geht und tragt diesen Brief zu Fräulein Amalie Sparsam; aber keine sterbliche Seele darf erfahren, daß wir in Korrespondenz stehen. Um Euch einen Beweis meines Vertrauens zu geben, will ich Euch offen sagen, daß es sich hier hauptsächlich um ein Theaterstück handelt, welches von Herrn Sparsam auf Flaums

Anrathen zurückgewiesen wurde, und welches unbedingt auf der hiesigen Bühne zur Aufführung kommen muß. Nun macht Euere Sache gut, und unser Kontrakt ist geschlossen.

Pobium (einschlagend). Glück auf! Sie sollen mit mir zufrieden sein! (geht, und dreht sich an der Thüre um) Noch eine Bitte, Herr Doktor! Es giebt Dinge, die an und für sich erlaubt und vollständig harmlos sind, die aber dennoch ein Mensch wie Sie, ich meine Einer, der immer so nach der Schnur gegangen, nicht handhaben will, ja nicht handhaben kann. Der gebesserte Spitzbube ist hier im Vortheil gegen Den, der nie gesündigt. Er kennt den Teufel und seine Schliche, und weiß, wo und wie er ihn packen soll; und was er als einen klugen Streich betrachtet, wird oft dem Tugendhaften vom Mutterleibe an als eine anstößige Handlung erscheinen.

Dr. Fellm. (für sich). Davon hat Flaum mit seinem kleinen Theaterstreich ein treffendes Beispiel gegeben. (laut) Gut, mein Alter! Es dürfte sich noch eine Gelegenheit darbieten, Euch auch in diesem Punkte zufrieden zu stellen. (Pobium ab.)

Fellmann, Diener, dann Ferd. Gruber.

Diener (eine Karte überreichend). Dieser Herr wünscht Sie zu sprechen.

Dr. Fellm. (die Karte besehend). „Ferdinand Gruber." (bei Seite) Ist das der Vater oder der Sohn? — Ich kenne ihre Vornamen nicht. (laut) Ist's ein junger Mann?

Diener. Ja wohl, Herr Doktor!

Dr. Fellm. (bei Seite). Was will der von mir? (laut) Laß' ihn eintreten! (Diener ab, Fellmann nachdenkend.) Sollte er etwas von meiner Stellung zu Matilden erfahren haben? — Mag's sein. — Mit diesen Schoßhunden Fortuna's bin ich noch immer fertig geworden.

Ferd. Gruber (eintretend, mit affektirter Leichtfertigkeit). Die Aerzte sind doch das glücklichste Volk der Welt! Sie können Jeden im Interesse der leidenden Menschheit antichambriren lassen, und es fällt Niemandem auf, wenn sie sich am hellen Tage mit einer schönen Dame einschließen.

Dr. Fellm. Dafür haben sie auch das Vergnügen, von Hysterischen, Hypochondern und Hämorrohoidariern stundenlange Geschichten über ihre Migräne, Flatulenz und Eruktationen anzuhören, und zur besseren Erläuterung einige aromatische Windstöße in's Gesicht zu bekommen. (bei Seite) Der Mensch ist mir bekannt.

Ferd. Gruber. Das ist ein gelungenes Gegenbild. Ich sehe, Doktor, daß Ihr Ruf nicht gelogen hat, und hoffe bald auf gutem Fuße mit Ihnen zu stehen. Sehen Sie, lieber Doktor, das ist auch meine Lebensanschauung. Man nimmt das Süße, weil man es nicht süßer haben kann, und sucht sich das Bittere sowiel als möglich anzusüßen, wenn man's nicht ganz vermeiden kann. — Doch, ich habe mich Ihnen noch gar nicht vorgestellt! Mein Name ist Gruber, und ich komme in einer Angelegenheit, die Herrn Stadtrath Gerhardt und seine liebenswürdige Nichte sehr nahe angeht.

Dr. Fellm. Sie könnten keine bessere Empfehlung bringen, als diese beiden Namen. (Er bedeutet Gruber, Platz zu nehmen. Während sie sich setzen, bei Seite) Nun weiß ich schon, wo ich ihn zum erstenmal gesehen.

Ferd. Gruber. Wie ich höre, sind Sie ein Freund des Herrn v. Dahlen, und wissen wahrscheinlich, wie Herr Gerhardt früher zu seinem Neffen gestanden. Der alte Herr ist eine durch und durch praktische Natur, während der Neffe auf dem Pegasus herumreitet, und von den Dingen dieser klotzigen prosaischen Erde nichts wissen will. Nun brachte der junge Mann vor einigen Monaten ein dramatisches Werk fertig, welches, wie seine Schwester behauptet, vorzüglich sein soll, und bot es der hiesigen Bühne zur Aufführung an; doch wurde das Werk zurückgewiesen, und der verschmähte Autor kehrte seinem Vaterlande den Rücken, in dem es so schwer ist Prophet zu sein. Nach dieser Abreise fand eine ganze Umwandlung in der Gemüthsstimmung des Herrn Oheims statt. Er, der sich anfangs über die Schlappe seines Neffen gefreut, läßt jetzt jest harte Worte gegen den Theaterdirektor und einen gewissen Flaum fallen, der eigentlich die Zurückweisung des Drama's bewerkstelligt haben soll. Da mir nun viel daran gelegen ist, mir die Gunst des Herrn Gerhardt zu erwerben, so glaube ich nichts Besseres thun zu können, als die Sache in meine Hand zu nehmen und die baldmöglichste Aufführung des verschmähten Dichterwerkes mit allem Eifer zu betreiben. Ich wende mich daher an Sie, als den Freund des Herrn v. Dahlen, und bitte Sie um Ihre Mitwirkung, während ich Ihnen, wenn nöthig, meine Geldmittel zur Verfügung stelle.

Dr. Fellm. Es wundert mich sehr, daß Herr Gerhardt, der sonst jeder Verstellung Feind ist, nicht wenigstens gegen mich offen auftritt.

Ferd. Gruber. Ja, sehen Sie, Herr Doktor, der alte Herr will nicht offen mit dem Geständniß heraus, daß er von seiner früheren Ansicht zurückgekommen sei, und betrachtet auch die Sache mehr als eine Familienangelegenheit; und da er mich halb und halb als zur Familie gehörend betrachtet, so hat er sich bis jetzt gegen mich mehr gehen lassen, als gegen sonst Jemand.

Dr. Fellm. So! — Es steht uns also wirklich eine Verlobung bevor?

Ferd. Gruber. Herr Gerhardt ist mit meinem Vater einig, und sobald unser neues Etablissement in vollem Gange ist, soll die Feierlichkeit stattfinden.

Dr. Fellm. (scherzend). Sie sind aufrichtig, Herr Gruber. Sie sprechen von dem Uebereinkommen der beiden Alten, denn Ihnen, der, wie ich höre, viel gereist ist, kann ein Geschöpf wie Matilde v. Dahlen, mit ihren stillen Reizen und bescheidenen Dorftugenden, unmöglich Fesseln anlegen.

Ferd. Gruber. Corpo! Sie sind mein Mann, Doktor! Ich sehe, Sie haben ein gutes Auge, und nennen die Dinge beim rechten Namen. Die Wahrheit zu gestehen, ist mir an der ganzen Sache nicht viel gelegen. Ich habe die Weiber satt bis zur Fatigue, und in diesem Deutschland finde ich selten eine, die nur die mindeste Caprice in mir erwecken kann. Ueberhaupt, lieber Doktor, habe ich zu viel genossen, und nur ein ganz südliches oder ganz nördliches Klima könnte mir einige Lust zum Genießen, und einigen Reiz im Genuß bieten. Mit einem Worte: ich bin blasirt. Ich reite einen famosen arabischen Gaul, aber das Thier verkümmert mir in dem geheizten Stall. Ich habe die trefflichsten Jagdhunde, aber sie finden hier kein Terrain, um mich mit ihrer Bravour zu erfreuen. Ich verfüge über einen ganz leidlichen Harem von hübschen Seidenspinnerinnen, aber, die meisten sind blond und alle deutsche Dirnen. Ein Gedicht auf

> Ihre blauen Sterne,
> Leuchtend aus der Ferne,
> Und die blonden Zöpfe,
> Krönend ihre Köpfe,

ist das beste Mittel, sie gefügig zu machen; und welcher Mann von Welt wird sich zu solchem Gefasel hergeben? — Allein, was soll ich machen? Der Alte will sein Geschlecht fortgepflanzt sehen, und ich bin ein guter gehorsamer Sohn, weil mein Vater mir nie etwas befiehlt. Auch muß die Verbindung mit Herrn Gerhardt unserem Etablissement bedeutende Vortheile bringen, und die sanfte Matilde wird gewiß ein gutes nachsichtsvolles Weib werden. — Doch, wir sind ja ganz von unserem Gegenstande abgekommen. Was denken Sie, daß zu thun sei, Herr Doktor?

Dr. Fellm. Vorläufig können wir sehr wenig thun. Ich habe seit der Abreise meines Freundes einige Schritte gethan, um den Direktor von seinem ersten Ausspruch zurückzubringen, und ich glaube, daß mir das gelingen wird. Eines ist aber gewiß, daß wir nämlich mit „Geldmitteln" hier gar nichts ausrichten können.

Ferd. Gruber. Sie nehmen die Sache ziemlich kalt, wie ich sehe; was Ihnen auch nicht zu verargen ist. Aber, Sie werden einsehen, daß ich die Sache mit etwas mehr Feuer betreiben muß. (affektirt) Ich bin es meinem künftigen Schwager schuldig, seinen Ruhm, der auch der Ruhm der Familie ist, begründen zu helfen. (ein dickes Manuskript aus seiner Tasche ziehend) Der Alte hat mir eine Abschrift, welche sich Fräulein Amalie von dem Drama gemacht, zum Durchlesen gegeben. Er hat es ihr aus einem geheimen Fache ihres Schreibtisches entwendet, wo sie es wie ein Heiligthum gehütet. Ich habe es natürlich nicht gelesen, mich aber ganz pflichtschuldig mit dem überschwänglichsten Lobe darüber ausgesprochen. Jetzt wird mir das Ding gut kommen. Ich trage es zu Sparsam hin, und es soll mir gar nicht schwer fallen, ihm den Kopf zurecht zu setzen.

Dr. Fellm. (etwas aufgeregt). Nicht doch, Herr Gruber! Das dürfen Sie durchaus nicht thun. Ich kenne meinen Mann, und ich bin überzeugt, daß die geringste Strenge ihn nur hartnäckiger machen wird.

Ferd. Gruber. Hartnäckig! Ich will doch sehen, ob ich mit einem solchen Pedanten nicht fertig werde.

Dr. Fellm. Glauben Sie mir, Herr Gruber, daß Sie mit Ihrem Ungestümm unserer Sache nur schaden können. Sparsam ist reich, und, mit allen seinen Fehlern, ein charakterfester Mann, der sich selbst von seinem Publikum nichts abzwingen läßt, und sollte er ein ganzes Jahr vor leeren Bänken spielen müssen.

Ferd. Gruber. Lassen Sie das gut sein, lieber Doktor! Ich weiß, wie man solche Bären tanzen macht. Ich will ihn vor vollen Bänken spielen lassen, aber unter Begleitung eines Charivari, an das er und seine Komödianten Zeit ihres Lebens denken sollen! Und das will ich ihm sogleich in Aussicht stellen, wenn er das vagabundirende Geisteskind meines zukünftigen Schwagers nicht adoptiren sollte! (geht nach der Thüre) Adieu, lieber Doktor! Darum keine Feindschaft nicht!

Dr. Fellm. (ihm in den Weg tretend). Um Gottes Willen, Herr, nehmen Sie Vernunft an! Ich sage es Ihnen noch einmal, Sie werden und müssen mit diesem Schritte Alles verderben!

Ferd. Gruber. Kinderei! Ich habe mir es nun in den Kopf gesetzt, und will auch meinen Willen haben. (Will gehen.)

Dr. Fellm. (wie oben). Sie thuen keinen Schritt weiter, bis Sie mir einige Fragen beantwortet haben!

Ferd. Gruber. Sie sind kategorisch, Herr Doktor! — Doch, ich will Ihnen zeigen, daß ich auch nachgeben kann. Was wünschen Sie von mir?

Dr. Fellm. Haben Sie sich auf Ihren Reisen nicht auch in Lyon aufgehalten?

Ferd. Gruber. Gewiß, und mehrere Monate. Es war der Wunsch meines Vaters, daß ich dort Unterricht in der Musterzeichnung nehmen, und einige Geheimnisse der französischen Kolorirung zu erforschen suchen soll.

Dr. Fellm. Haben Sie dort nicht die Bekanntschaft des deutschen Barons v. Kielen gemacht?

Ferd. Gruber (stutzt). v. Kielen? — (verwirrt) Ich kann mich wahrlich nicht entsinnen. — Warum fragen Sie?

Dr. Fellm. Ich war zu gleicher Zeit mit ihm in Lyon, und hätte gerne etwas Näheres über ihn erfahren. Dieser Baron v. Kielen hat in Lyon einem armen, aber liebenswürdigen deutschen Mädchen Namens Auguste Rieder gar arg mitgespielt. Auguste war nur eine gewöhnliche Goldstickerinn, aber stolz auf ihren hohen Sinn, auf ihre von ganz Lyon bewunderte Schönheit, und ihren deutschen Namen. Die Söhne der reichsten Fabrikherren, ja manche hochgestellte Aristokratensprößlinge, wandten die Mittel des übermüthigen Reichthums und die Künste der französischen Galanterie vergebens an, um Auguste ihren Wünschen geneigt zu machen. Es mußte ein Deutscher, mit einem wohlklingenden deutschen Namen kommen, um den Stolz dieses deutschen Mädchens zu Falle zu bringen. Der deutsche, sogenannte Baron v. Kielen näherte sich dem Mädchen mit geheuchelter deutscher Offenheit, gewann so ihr Herz, und ließ sich von einem Scheinpriester mit ihr trauen. Nicht lange darauf verschwand er aus Lyon, und Auguste, die nie seinen wahren Namen erfahren hatte, konnte natürlich auch seine Heimath nicht erfragen. Einige Monate später genas sie eines Knaben im Hospitale zu Straßburg, wo sie mir als Deutschen ihre traurige Geschichte mittheilte, ohne Fluch, ja ohne Groll gegen den Nichtswürdigen, denn sie blieb stark nach ihrem Falle, wie sie es in ihrem früheren Stolze war. — Doch, was erzähle ich Ihnen da eine Geschichte von einem gefallenen Mädchen, die weder neu noch seltsam ist, und Sie nur wenig interessiren kann. — Kehren wir lieber zu unserem Gegenstande zurück. (etwas scharf) Nicht wahr, Herr Gruber, Sie werden dem armen Sparsam vorläufig nicht auf's Fell rücken. (leicht) Folgen Sie meinem Rathe. Wir warten noch einige Wochen ab, bis der Direktor das Manuskript noch einmal durchgelesen, und wenn ich dann keinen günstigen Bescheid erhalte, reisen wir zusammen hinaus zu Herrn Gerhardt, und berathen mit ihm das Weitere.

Ferd. Gruber (bei Seite). Das ist ein schrecklicher Mensch. (laut) Nun, einige Wochen ist ja nicht so lange, und ich will Ihnen gerne zu Gefallen sein. (geht und kehrt wieder um) Herr Doktor! Ich halte Sie für einen Mann von Ehre.

Dr. Fellm. Es hat noch Niemand gewagt, daran zu zweifeln, Herr Gruber.

Ferd. Gruber. Also à revoir! (ab durch die Mitte)

Dr. Fellmann allein, dann Podium.

Dr. Fellm. Der geht von hier viel zahmer weg, als er gekommen. Er meinte: „Ich wäre sein Mann; ich hätte ein gutes Auge, und nenne die Dinge beim rechten

Namen." Nun, ich nenne ihn einen bornirten Dummkopf, und blasirten herzlosen Egoisten, und er soll sich eines Tages sein Bischen Nervenmasse aus seinem Schädel staunen, wenn er erfährt, daß ich nicht sein Mann, sondern der Mann von Matilde v. Dahlen bin. Von diesem Zauber will ich Herrn Gerhardt bald kuriren.

Podium (eintretend). Glück auf! Herr Doktor! Unser Kontrakt ist fertig und es fehlen nur noch die Unterschriften. — Das heißt, Ihre Unterschrift, und mein Zeichen des heiligen Kreuzes. (mit Pathos) Ich begrüße Sie nun feierlich als meinen einzigen und lebenslänglichen Herrn und Gebieter, (sich auf ein Knie niederlassend) und ich lege mein Bischen solides Menschthum, wie Sie es zu nennen geruhten, mit geziemender Devotion und in Gehorsam ersterbend zu Ihren Füßen!

Dr. Fellm. Alter! Es scheint, als hätte sich ein amerikanischer Tischrücker in Euerem Dachstübchen niedergelassen. Was habt Ihr denn ausgerichtet?

Podium. Was ich ausgerichtet habe? Alles habe ich ausgerichtet! Sie ist da (wichtig), dicht verschleiert, mit der Kapuze ihres Mäntelchens über ihrem schönen Lockenkopf. Sie sagte: "Ich muß ihn sehen!" und gesagt, gethan. Ich mußte einen Wagen holen, und da sind wir. —

Dr. Fellm. Von wem sprecht Ihr denn?

Podium (schlau lächelnd). Aber, Herr Doktor! Sie werden mir doch nicht weiß machen wollen, daß Sie nicht wissen, von wem ich spreche? (bei Seite) Daß doch diese Verliebten alle geheim thun müssen! (laut) Nun, ich will Ihnen den Spaß nicht verderben, und Ihnen sagen, (mit affektirtem Ernst) ich spreche von Fräulein Amalie!

Dr. Fellm. Was? — Fräulein Amalie Sparsam? — (Er geht nach der Thüre.)

Podium (ergänzend). Ist im Vorzimmer, und brennt vor Ungeduld Sie zu sehen.

Dr. Fellm. (die Thüre öffnend, durch die Amalie eintritt). Aber, mein Fräulein!

Podium (bei Seite). Ich glaube nicht, daß meine Gegenwart hier gerade gewünscht wird (ab).

Amalie (ihren Schleier zurückschlagend). Doktorchen, das geht nicht! So müssen Sie mit einem armen, von allen Seiten gequälten und verfolgten Mädchen nicht spielen. Ihre kurzen Sätze mögen in Ihren medizinischen Werken sehr wohl angebracht sein, denn je dünner diese langweiligen Bücher werden, um so besser; aber die Liebe erfordert einen ganz anderen Styl. (einen Brief hervorziehend) Was soll ich daraus machen? (liest) "Werthe Freundin! Herr Flaum wird Sie um eine Gefälligkeit angehen. Sie sind freundlich gegen ihn, und gehen Sie mit der einer Dame geziemenden Zurückhaltung auf seinen Plan ein. Ich hoffe Sie bald zu sehen, und Ihnen Alles genau zu erklären. Ihr Freund Th. F." Das heißt mit anderen Worten: Du von der schwächeren Hälfte thue, wie der Herr der Schöpfung Dir gebietet. Frage nicht, bedenke nicht, zweifle nicht; sondern erwiedere das faunartige Grinsen des Herrn Flaum mit Deinem bezauberndsten Lächeln, lege ein permanentes "Ja" auf Deine Zunge, und verziehe keine Miene, wenn Dir Herr Flaum die Hand zu Brei drückt, u. s. w., u. s. w.

Dr. Fellm. (aufgeregt). Und darum kommen Sie im Dunkel der Nacht vermummt nach meiner Wohnung, und setzen sich der Gefahr aus, daß die strenge Wächterin Ihres Hauses Ihnen nachspürt, und zum Herrn Papa eilt, und daß dieser dem böswilligen Verführer das Haus verschließt, und es ihm mit Sparsam'scher Konsequenz in diesem Leben nicht wieder öffnet? Gehen Sie nur schnell und vollkommen beruhigt nach Hause. Es geht alles mit rechten Dingen zu. Herr Flaum ist von mir so in die Enge getrieben worden, daß er entschlossen ist, die Aufführung der Tragödie durchzusetzen. Um die Klippe der Sparsam'schen Konsequenz zu umsegeln, will er ihm das Manuskript mit verändertem Titel und ohne Autorennamen als ein neu eingesandtes Werk vorlegen. Ihr Vater hat nämlich Julius' Manuskript nie gesehen, wird also von dem Manöver nichts merken; und um die Gefahr von Seiten Ihrer Gouvernante zu beseitigen, die das Werk sehr wohl kennt, und die Ihr Vater wie gewöhnlich auffordern dürfte, das neue zu lesen, werde ich die gute Dame einige Tage als Krankenpflegerin von der Stadt fern halten, und es wird Ihnen zufallen, die Geistesgabe Ihres Geliebten, welche Ihnen schon so geläufig sein muß, Ihrem Herrn Papa zu kredenzen.

Amalie (freudig). Entschuldigen Sie meinen Zweifel, theuerer Freund! Ich will nun trachten, meinen Mangel an Glauben durch strengen Gehorsam gut zu machen. Adieu! (Sie läßt ihren Schleier fallen, und geht nach der Thüre.)
Dr. Fellm. Podium! (Dieser erscheint.) Begleitet das Fräulein nach Hause, und kommt sogleich zurück, denn ich habe noch einen Auftrag für Euch. Vor Allem aber sorgt dafür, daß kein Sterblicher von diesem Besuche etwas erfährt. (Podium sich verneigend mit Amalie ab.)
Dr. Fellm. (allein, verdrießlich). Ich komme heute gar nicht aus der Aufregung heraus.

Dr. Fellmann, Diener, dann Thomas.

Diener. Der alte Schaffner des Herrn Stadtrath wünscht Sie zu sprechen.
Dr. Fellm. Ach Gott! dem hätte ich einen Brief an Matilde bereit halten sollen, und konnte durch diese Theateraffaire gar nicht zum Schreiben kommen. (zum Diener) Laß' ihn eintreten! (Diener öffnet die Thüre und geht ab.)
Thomas. Guten Abend, Herr Doktor!
Dr. Fellm. Ihr kommt um den Brief an Fräulein Matilde, lieber Thomas?
Thomas. Gewiß komme ich deßwegen. Sie haben mich ja auf diese Stunde herbestellt.
Dr. Fellm. Ihr müßt schon etwas später vorsprechen. Ich konnte wahrlich nicht zum Schreiben kommen, und jetzt erwarte ich wieder Jemanden, den ich unbedingt sprechen muß.
Thomas. Aber, Herr Doktor, Fräulein Matilde trug mir streng auf, noch heute zurück zu sein. Der Weg nach dem Gute ist weit, und wenn Sie mich nicht bald abfertigen, müßte ich über Nacht hier bleiben.
Dr. Fellm. (ungeduldig). Ich weiß, lieber Thomas, daß Ihr das Vertrauen meiner Matilde besitzt, und ich darf mit Euch offen sprechen. Das gute Geschöpf hat Angst vor ihrem Onkel, und verlangt von mir, daß ich diese Angst wegzaubern soll. Ich will Euch schnell einige Zeilen schreiben, aber ich muß kurz sein, und Euch bitten, mein zaghaftes Mädchen zu beruhigen.
Thomas. Aber, wie soll ich dem Fräulein Muth zusprechen, wenn ich selbst nicht frei von Angst bin. Sehen Sie, der alte Herr ist seit der Abreise des Herrn v. Dahlen sehr reizbar, und quält das arme Fräulein mit Klagen über ihren Bruder, der nichts von sich hören läßt; und die Grubers da von der Seidenfabrik im Tulpenthale kommen täglich in's Haus, und benehmen sich, als wenn sie schon zur Familie gehörten; und der Herr Stadtrath ist in den jungen Gruber so vernarrt, daß man glauben sollte, er wolle ihn selbst heirathen. Ach, Du mein Gott, das giebt eine böse Geschichte. Das gute Fräulein liebt Sie so sehr, und wenn der Herr Stadtrath sie zwingen sollte, den Gruber zu heirathen .....
Dr. Fellm. Aber er soll und wird sie nicht zwingen, und Ihr plagt Euch alle nur selbst mit Euerer närr'schen Angst.
Thomas. Ich bitte tausendmal um Vergebung, Herr Doktor! aber ich muß Ihnen sagen: Sie sind ein sehr kalter Liebhaber.
Dr. Fellm. (der indessen mit dem Brief fertig geworden). Ein vernünftiger, wollt Ihr sagen, mein Alter! Soll ich etwa in Wuth gerathen, wenn ein dummer Junge nach meinem Mädchen hascht? — Daß sie außer mir noch Andere liebenswürdig finden, ist natürlich, und mir nur angenehm; daß sie kein Anderer bekommt als ich, ist gewiß, und wäre das nicht gewiß, so könnte nur ein Narr eifersüchtig sein. (ihm den Brief gebend) Hier, mein Alter!
Thomas. Ja, Sie haben gewiß keinen Grund zur Eifersucht, aber das arme Fräulein wird sich noch zu Tode grämen.
Dr. Fellm. Was? Ihr wollt doch damit nicht sagen, daß Fräulein Matilde auf mich eifersüchtig ist? (Thomas schweigt verlegen.) Ihr schweigt! —
Thomas. Verzeihen Sie, Herr Doktor! aber ich muß es schon offen heraussagen. In der Stadt ist allgemein davon die Rede, daß Sie sich um die schöne Tochter des Theaterdirektors bewerben.
Dr. Fellm. (laut auflachend). So! Und Ihr glaubt, das Fräulein gräme sich aus Eifersucht? — Nun, lieber Alter, das braucht Euch Eueren Schlaf nicht zu rauben. Geht nur jetzt nach Hause, und sagt meinem guten Mädchen, daß bis jetzt Alles nach Wunsch geht, und daß für die Beseitigung des Herrn Gruber auch schon das

Mittel gefunden sei. (Thomas ab, Podium tritt ein mit einem Korbe mit Flaschen gefüllt, während Fellmann auf- und abgeht.)

Dr. Fellmann. Podium.

Dr. Fellm. Ist das Fräulein wohlerhalten angelangt?
Podium. Wohlerhalten, und in sehr guter Laune, und diesen Korb schickt sie Ihnen, laut Verabredung, wie sie sagte.
Dr. Fellm. (bei Seite). O! das ist das Bitters. (laut) Gut, mein Alter, stellt den Korb in diesen Schrank, denn es muß nicht Jeder wissen, daß ich von einer schönen Dame einen Korb erhalten habe. (Podium gehorcht.) Nun, mein Alter, noch eine Frage. Habt Ihr genau auf das Wort geachtet, und könnt Ihr auf Euer Gehör vertrauen?
Podium. Mein Gehör war immer das beste in der Welt, und (verschmitzt) da ich es in meinem Geschäfte besonders geübt habe......
Dr. Fellm. (lächelnd). Ich verstehe. — Also Ihr habt deutlich gehört, daß Flaum zu Frau Zandt von Agram sprach, wo sie zusammen eine gesetzwidrige That begangen haben sollen?
Podium. Ganz gewiß, Herr Doktor!
Dr. Fellm. Gut, so kündigt schon morgen Eueren Dienst bei Herrn Sparsam; laßt aber ja nicht merken, daß Ihr in meine Dienste tretet, und haltet Euere Zunge fest im Zügel, denn es soll Alles im Stillen abgemacht werden. Ueber=morgen Abend erwarte ich Euch in dieser Stunde. Bis dahin werde ich mir die Photographien von Herrn Flaum und Frau Zandt verschaffen, was bei ihrer öffent=lichen Stellung nicht schwer sein wird. In Agram habe ich einen Studienkollegen, der dort seit fünf Jahren praktizirt. An diesen werde ich Euch adressiren und em=pfehlen, und da Ihr eine genaue Beschreibung der Personen geben könnt, so wird es meinem Freunde mit Euerer Hilfe wohl gelingen, auszufinden, welcher Unrath es war, mit dem die zwei Vögel ihre dortigen Nester beschmutzt haben.
Podium (seinen Hut in die Höhe werfend). Hurrah! Hoch Doktor Fellmann! Hoch das Reisen! Hoch der Kollege in Agram!
Dr. Fellm. Nun, adieu! Ich muß jetzt zu Herrn Sparsam.
Podium (zögernd). Wenn Sie zu Herrn Sparsam gehen, und dort Gelegen=heit finden, mit Fräulein Amalie zu sprechen, so könnten Sie gleich um ihre Einwilligung anfragen.
Dr. Fellm. Ihre Einwilligung! und wozu? —
Podium. Ich dachte, wenn Sie mich in Ihre Dienste nehmen wollen, so müßte auch Fräulein Amalie befragt werden.
Dr. Fellm. Fräulein Amalie wird sich wahrscheinlich wenig darum kümmern, wenn ich in meine Dienste nehme.
Podium. Aber, wenn das Theaterstück gespielt wird, und volle Häuser macht, und Sie die Tochter des Direktors als Tantième heimführen?
Dr. Fellm. So! —
Podium. Warum denn nicht? Ein schöneres Paar könnte ich mir gar nicht denken.
Dr. Fellm. Wenn aus jedem schönen Paare ein Paar werden sollte, so bliebe für das Häßliche nur Häßliches zurück, und das gäbe eine schauderhafte Brut. (Podium geht der Thüre zu, sobald er aber Flaum eintreten sieht, weicht er zur Seite aus. Fellmann nimmt Hut und Stock zur Hand.

Vorige. Flaum.

Flaum (in großer Bestürzung, ohne Podium zu bemerken). Mein bester Herr Doktor! Die Tragödie soll und wird aufgeführt werden. — Ich habe es ja stets gewünscht — und ich will das Möglichste thun, um die Aufführung dieses Meisterwerkes zu einer gelungenen, ja zu einer glänzenden zu machen! — Aber, seien Sie barmherzig! — Seien Sie großmüthig, und machen Sie mich nicht zum elendesten der Elenden! Sie stehen ja bei den Damen in hoher Gunst, und können unter den schönsten und reichsten Jungfrauen der Stadt wählen. Sie sind der reiche Mann aus der heiligen Schrift, der eine zahllose Heerde der kostbarsten Schafe besitzt: Rauben Sie dem Armen sein einzig Lämmlein nicht, welches sein Alles, sein Glück, sein Leben ist! —

Dr. Fellm. (ärgerlich, bei Seite). Noch D e r mußte kommen! (halblaut zu Flaum) Ich muß Ihnen sagen, Herr Flaum, Sie sind das k o s t b a r s t e S c h a f, welches mir je unter die Augen getreten ist, und i c h bin ein Lämmlein von Geduld, wenn ich Sie nicht aus dem Hause werfe! — (scharf) Ich habe nie daran gedacht, und werde nicht daran denken, auf die Hand von Amalie Sparsam Anspruch zu machen. Das sagt Ihnen ein M a n n, und wenn Sie in Ihrer flammenspeienden Jugendliebe nicht zum alten Weibe geworden sind, so werden Sie es ihm glauben! (ab nach rechts, von den Blicken des verblüfften Flaum gefolgt).

P o d i u m. Das war wieder so ein Kapitel aus der S e e l e n k u n d e. (sich Flaum ansehend, während der Vorhang fällt) Diese Visage paßt zu der Situation, als hätte man sie auf Bestellung und nach dem Maße angefertigt.

Vierter Aufzug.

(Spielt zwei Monate später.)

Erste Szene.

Zimmer bei Fr. Zandt, wie im ersten Aufzuge.

Lieschen, bald darauf Fr. Zandt, später Dr. Fellmann.

Lieschen (tritt durch die Mittelthüre ein, und geht nach der Thüre links, an welche sie klopft).

Fr. Zandt (aus der Thüre tretend, in unvollendeter Toilette, einen leichten Mantel umgeworfen). Was giebt's?

Lieschen. Herr Dr. Fellmann wünscht seine Aufwartung zu machen

Fr. Zandt. Dr. Fellmann, jetzt?

Lieschen. Ich habe ihm gesagt, daß Sie sehr in Anspruch genommen wären, da Sie in einer Stunde zu einem Feste auf's Land fahren müßten; aber er bestand darauf, daß ich ihn melde.

Fr. Zandt (bei Seite). Dr. Fellmann gehört auch nicht zu den Männern, die man zu irgend einer Zeit, oder aus irgend einem Grunde abweist. (laut) Laß' ihn eintreten. (Entschuldige mich, und suche ihn zu unterhalten, bis ich fertig bin (ab nach links).

Lieschen. Das ist leicht gesagt. Ich soll Dr. Fellmann unterhalten! (nach der Mittelthüre gehend) Ich habe eine förmliche Angst, und weiß doch nicht warum, denn der Doktor ist ja ein so freundlicher Mann. (stehen bleibend) Wenn mein Vater hier wäre, der würde mich auch eine dumme Gans schelten. (Sie öffnet die Mittelthüre, Dr. Fellmann tritt ein.) Setzen Sie sich, Herr Doktor! Frau Zandt bittet um Entschuldigung, und will sich beeilen, Sie zu empfangen.

Dr. Fellm. Keine Umstände, schönes Kind. Das Toilettezimmer ist die Waffenkammer der Frauen, und wer sie stört während sie ihre Rüstung anlegen, der darf sich nicht beklagen, wenn er warten muß.

Lieschen (bei Seite). Wie schön er spricht! Gerade wie im Theater. (laut) Ja, sehen Sie, Herr Doktor! Frau Zandt hat heute einen großen Tag, denn sie wird zum ersten Male in dieser Stadt außerhalb der Bühne in glänzender Toilette erscheinen.

Dr. Fellm. Es giebt Menschen, liebes Kind, die immer auf der Bühne sind, sie mögen in glänzender oder in einfacher Toilette auftreten. (Er geht im Zimmer auf und ab.)

Lieschen (bei Seite). Jetzt hat er wieder so schön gesprochen, aber ich weiß nicht, was er eigentlich damit sagen will. (in Verlegenheit an ihrer Schürze zupfend, während Dr. Fellmann unruhig auf- und abgeht) Nun sollte ich doch etwas sagen, damit er mich nicht wirklich für eine dumme Gans halte, und weiß doch nicht was? — (Pause, dann sich dem Doktor schüchtern nähernd) Wollen Sie mir eine Frage erlauben, Herr Doktor?

Dr. Fellm. (freundlich). Ein halbes Dutzend, wenn Sie wollen.

Lieschen. Was sind das: Hämorrhoiden?

Dr. Fellm. (heiter). Wie kommen Sie zu dieser Frage?

Lieschen. Ja, sehen Sie, Herr Doktor, mein armer Vater leidet an Hämorrhoiden, und ist ein Schuhmacher.

Dr. Fellm. (wie oben). Sie wollen wahrscheinlich sagen: Ihr Vater ist ein Schuhmacher, und leidet daher an Hämorrhoiden. — Nun: Hämorrhoiden nennen wir eine Stockung des Blutes in den Unterleibsorganen.

Lieschen. Aber, was sind das: Unterleibsorgane?

Dr. Fellm. (demonstrirend). Unterleibsorgane nennen wir die Organe des Unterleibes.

Lieschen (bei Seite). Jetzt bin ich gerade so klug wie früher. (laut) Und ist es wahr, daß Diejenigen, welche an Hämorrhoiden leiden, schwarzes Blut haben, und trägt das Pech dazu bei, das Blut schwarz zu machen?

Dr. Fellm. (wie oben). Wenn das Blut in irgend einem Theile des Körpers stockt, so wird es zwar nicht schwarz, aber wohl mehr oder minder dunkelroth, und was das Pech betrifft, so hat jeder Hämorrhoidarier gewiß Pech; aber nicht Jeder, der Pech hat, leidet an Hämorrhoiden. (Er geht ungeduldig auf und nieder.)

Lieschen (bei Seite). „Nicht Jeder, der Pech hat, leidet an Hämorrhoiden." — Dann hat mein armer Vater am Ende gar keine Hämorrhoiden. (Pause.) Der Doktor ist heute so kurz und so unzugänglich. — Ich muß ein anderes Gespräch anfangen. — (sich dem Doktor nähernd, laut) Haben Sie schon die neue Tragödie gehört, Herr Doktor?

Dr. Fellm. Gewiß, schönes Kind, und so oft sie gespielt wurde.

Lieschen. Und wie gefällt Ihnen Frau Zandt darin?

Dr. Fellm. Sie ist reizend in der Rolle der jugendlichen Liebhaberin, die sie, wie ich höre, blos aus Begeisterung für die schöne Dichtung übernommen hat, und ihr Erfolg in dieser, außer ihrem Fache liegenden Rolle, legt das glänzendste Zeugniß ab von ihrer hohen Begabung.

Lieschen. O, Sie können sich keinen Begriff machen, wie eingenommen sie für diese Tragödie ist. Zwölf Abende hintereinander hat sie darin gespielt, und sie würde nicht müde werden, noch hundertmal darin zu spielen.

Dr. Fellm. Das darf Sie durchaus nicht wundern, schönes Kind, denn ein Erfolg, wie diese Tragödie sich ihn errungen hat, reißt den Künstler mit dem Publikum hin.

Lieschen. Frau Zandt wundert sich nur darüber, daß der Verfasser, nach einem so ungeheuern Erfolge, sich noch nicht genannt hat.

Dr. Fellm. Auch das wird kommen, und bald.

Lieschen. Wie, Sie kennen den Dichter? — (Fr. Zandt erscheint an der Thüre links. Lieschen zieht sich mit einer Verbeugung durch die Mittelthüre zurück.)

Dr. Fellm. (bei Seite). Bei meinem Eide, das Weib ist schön!

Fr. Zandt (in reicher Toilette). Guten Tag, Herr Doktor! Ich habe Sie lange warten lassen.

Dr. Fellm. Ein ungebetener Gast hat kein Recht, einen warmen Empfang zu erwarten.

Fr. Zandt. Nicht jeder Ungebetene ist zugleich auch unwillkommen.

Dr. Fellm. (ernst). Das hängt jedenfalls von dem Anliegen ab, welches ihn zu uns führt.

Fr. Zandt. Sie begleiten diese Worte mit einer Miene, die mich bei jedem Anderen in Schrecken setzen könnte.

Dr. Fellm. Und warum nicht bei mir?

Fr. Zandt. Weil man bei Ihnen selten fehlgreift, wenn man hinter den Falten Ihrer Stirne einen neckischen Schalk vermuthet.

Dr. Fellm. Das ist mir leid; denn es ist wirklich ein sehr ernster Gegenstand, der mich zu Ihnen führt.

Fr. Zandt. Sie machen mich neugierig.

Dr. Fellm. (nachdem er zwei Stühle zurecht gestellt, und beide sich gesetzt). Ein Mann, den ich zu meinen liebsten Freunden zähle, der in vorgerücktem Alter steht, ein bedeutendes Vermögen besitzt, und eine hervorragende Stellung in der hiesigen Gesellschaft einnimmt, ist im Begriff eine junge Dame zum Altar zu führen. Die Sache ist bis jetzt noch vor aller Welt ein Geheimniß, und ich bin blos durch Zufall zu deren Kenntniß gelangt. Die junge Dame besitzt in ihrem Talente einen unversiegbaren Quell des Reichthums, und es liegen keine sichtbaren Gründe vor, warum sie ihr Leben an einen, sonst herzensguten, aber launenhaften Menschen, ohne besondere persönliche Vorzüge, binden sollte. Da mir nun das häusliche Glück meines Freundes sehr am Herzen liegt, so mußte der Wunsch in mir entstehen, zu erfahren, welche Gründe die junge Dame zu diesem sonst unerklärlichen Schritte bewegen konnten. Zufällig erfuhr ich, daß die räthselhafte Schöne einige Jahre in einer Stadt im Süden Europas verlebt habe, und zufällig lebt ein Studienkollege von mir in jener Stadt. Ich wandte mich daher an diesen um Auskunft, und erhielt folgenden Bericht:

Fr. Zandt (die ihre Unruhe zu verbergen sucht). Aber, wozu erzählen Sie mir diese Geschichte, da ich die Personen nicht kenne, und also kein Interesse für sie haben kann?

Dr. Fellm. Nur Geduld, Frau Zandt. — Möglich, daß Sie die Personen noch kennen lernen, und sich auch für sie interessiren werden, wenn Sie mich anhören. Also mein Kollege erzählt, daß vor einigen Jahren in jener Stadt eine deutsche Theatertruppe erschien, die mit sehr gutem Erfolge einen Zyklus von Vorstellungen gab. Die Truppe war an und für sich eine der besten, die je von einem Thespiskarren getragen worden, und besaß noch obendrein einen leuchtenden Stern in der Person einer sehr jungen Dame, die sich Fräulein v. Brandt nannte, und die durch ihre Schönheit, ihre Grazie und ihr vortreffliches Spiel alle Herzen gewann, und durch ihre Unnahbarkeit zum Gegenstand der Bewunderung für Jung und Alt wurde.

Fr. Zandt (ihn unterbrechend, in großer Aufregung). Sie müssen mich schon entschuldigen, Herr Doktor, wenn ich Sie bitte, den noch bleibenden Theil Ihrer Erzählung für eine andere Gelegenheit zu verschieben. Ich kann Sie heute nicht weiter anhören, denn ich erwarte jeden Augenblick meinen Freund, der mich zu einem Feste abholen will.

Dr. Fellm. (leicht). Der Freund, der Sie abholen soll, ist Herr Sparsam, und das Fest, zu dem er Sie begleiten will, ist Ihre eigene Verlobung mit ihm auf dem Gute des Herrn Stadtrath Gerhardt, wo zugleich Fräulein Amalie Sparsam an Herrn Flaum, und Fräulein Matilde v. Dahlen an Herrn Ferdinand Grüber vergeben werden sollen.

Fr. Zandt Ihre Spione scheinen ihren Sündenlohn sehr wohl verdient zu haben.

Dr. Fellm. Allenfalls bin ich genügend unterrichtet, um Ihnen sagen zu können, daß Sie dieses Fest weder besuchen, noch Herrn Sparsam nie wieder empfangen werden.

Fr. Zandt. Und wer sollte mich daran verhindern?

Dr. Fellm. Sie selbst, Frau Zandt, wenn Sie meine Erzählung zu Ende gehört haben, und — Sie werden sie zu Ende hören.

Fr. Zandt (resignirt). Machen Sie kurz, Herr Doktor!

Dr. Fellm. Ich muß kurz sein, denn ich will und muß das Fest besuchen, bei dem Sie gewiß fehlen werden. Also die gefeierte Künstlerin eroberte das Herz eines sehr reichen ältlichen Kaufherrn, und gewann seine Hand. Natürlich umgab der Glückliche seine Angebetete mit Allem, was der Reichthum einer ausschweifenden Phantasie und einem verfeinerten Geschmack nur bieten kann, und die junge Frau schien keinen anderen Wunsch zu haben, als den Spender dieser Gaben zu beglücken. So ging es nahezu ein volles Jahr, als eines schönen Morgens die allgemein Vergötterte mit ihrer reichen Garderobe und ihren Diamanten, und dreißigtausend Gulden aus der Kasse ihres Eheherrn verschwunden waren. Zu gleicher Zeit verschwand ein junger Offizier von der Garnison, ohne Abschied von seinen zahlreichen Gläubigern zu nehmen. Eine Zeit lang blieb es für Jedermann unbegreiflich, wie die Entflohene zu der Kasse ihres Mannes gelangt war; aber auch dieses Räthsel fand später seine Lösung. In dem Schreibpulte der jungen Frau fand sich nämlich ein Brief von der Hand eines jungen Mannes, Namens Schaum, der bei dem reichen Kaufmanne die Handlung erlernt, und zu einem hohen Vertrauensposten vorgerückt worden war. Der Brief deutete auf eine Verständigung zwischen dem Schreiber und der Gattin seines Brodherrn in Betreff der Schlüssel zur Geschäftskasse. Der junge Mann wurde in's Verhör genommen, und gestand, daß er bei der ersten Begegnung dem Zauber des schönen Weibes erlegen, daß er seinen Gefühlen in Gedichten Luft gemacht, die er der Königin seines Herzens anonym zusandte, daß sich allmälig eine gewisse Vertraulichkeit zwischen ihnen hergestellt, und daß er, in seiner Ohnmacht ihr etwas zu versagen,

sie in den Besitz der Kassenschlüssel gesetzt, ohne zu ahnen, daß sie eine Flucht vorbereite. Der Kaufmann, der jeden Skandal vermeiden wollte, ließ den treulosen Diener ungehindert das Weite suchen, und vermied jede Nachforschung, welche auf die Spur der Flüchtigen führen konnte. — So weit mein Kollege.
Fr. Zandt (gleichgültig). Und was ist die Moral davon?
Dr. Fellm. Daß die junge Dame, nachdem die mitgenommenen Schätze aufgezehrt waren, zu ihrer Kunst zurückkehrte, daß sie die schon einmal durchgemachte Karriere noch einmal antreten zu wollen scheint, und daß sie es eben ist, die mein Freund zu seinem Weibe machen will.
Fr. Zandt. Und warum gehen Sie nicht zu Ihrem Freunde?
Dr. Fellm. Weil ich sowohl die Dame als ihn schonen möchte; — weil ich wünsche, daß Alles im Stillen abgemacht werde.
Fr. Zandt. Und was muß die Dame thun, um die Realisirung dieses Wunsches zu ermöglichen?
Dr. Fellm. Sie darf den Mann nie wieder sehen, der ihre Vergangenheit nie erfahren soll, und sie muß weit von hier einen Schauplatz für ihr großes Talent aufsuchen.
Fr. Zandt. Ist das Alles?
Dr. Fellm. Alles.
Fr. Zandt. So empfehle ich mich Ihnen! (Geht der Thüre links zu.)
Dr. Fellm. (ihr erstaunt nachsehend). Adieu!
Fr. Zandt (bleibt an der Thüre stehen, kehrt dann plötzlich um, eilt auf Fellmann zu, und ergreift seine Hand, mit Wärme). Herr Doktor! Ich danke Ihnen. Hätte ich einen Mann wie Sie anstatt einen Schaum gefunden, als ich so plötzlich auf die schwindelnde Höhe des Glücks gestiegen war, es wäre gewiß anders gekommen. — Leben Sie wohl, und hoffen Sie für mich, wie ich nun selbst für mich hoffe! (Eilig ab nach links, während Fellmann der Mitte zugeht.)
Lieschen (von der Mitte eintretend). Die Herren von der Mission! (nachdem sie um sich geblickt) O, sie ist fort! (verlegen) Entschuldigen Sie, Herr Doktor!
Dr. Fellm. (ernst). Nachdem ich meine Mission bei Ihrer Herrin erfüllt habe, hat die Mission der Herren von der Mission hier ein Ende. — Ihre Mission, schönes Kind, wird jetzt sein, zu Ihrem Vater zurückzukehren, und ihm Trost und Stütze in seinem Leiden zu sein, bis Sie einst Ihre eigentliche Mission erfüllen, und einem tüchtigen jungen Manne einen Herd gründen helfen. (ab.)
Lieschen (ihm verblüfft nachsehend). Wieder so schön gesprochen, und wieder weiß ich nicht, was er eigentlich sagen wollte. (Es klingelt, sie geht nach der Thüre links.) Wie sagte er doch? — „Bis Sie einst Ihre eigentliche Mission erfüllen, und einem tüchtigen jungen Manne einen Herd gründen helfen." — Heißt das nicht — heirathen? — (ab nach links).

Zweite Szene.

Gartensaal auf Stadtrath Gerhardt's Gute in zwei Abtheilungen, die durch eine Zwischenwand mit offenen Bögen getrennt sind. Die hintere Abtheilung, welche in ein reiches Gewächshaus führt, enthält einen Tisch mit Erfrischungen. In der vorderen Abtheilung links ein Fenster, vor demselben eine Gartenbank, rechts ein Tisch mit Schreibzeug.

Stadtr. Gerhardt (von der rechten Seite der vorderen Abtheilung eintretend, im Hauskleide, mit einer Zeitung in der Hand). Die Tragödie, und nichts als die Tragödie! — Selbst die Blätter, welche sonst nie das Theater besprechen, bringen ganze Spalten über die Erscheinung des neuen Stücks, als ein Ereigniß, welches die ganze Stadt in Aufregung versetzt hat. (sich auf die Bank setzend) Hab' ich darum so alt werden müssen, um am Ende meiner Tage einzusehen, daß meine sogenannten Grundsätze nichts anderes waren, als angewöhnte Ansichten? — Mußte erst dieses endlose Ruhmesgeläute an mein stumpfes Ohr schlagen, um mich daran zu mahnen, daß ich den großen Geist meines Neffen verkannt, ja verhöhnt habe! — Ich glaubte, daß in unserer Zeit nur Der ein nützliches Mitglied der Gesellschaft sein kann, der durch A r b e i t das leibliche Wohl seiner Mitmenschen zu fördern versteht. Dieser Beifallssturm, der mich so nahe angeht, zeigt mir nun klar genug, wie schön es ist, die große, von Gewinn= und Genußsucht abgehetzte Masse selbst für einen Augen= blick zu begeistern und zu erheben. — Julius, mein Julius! Du hast Deinen alten Onkel belehrt, und nimmst ihm die Möglichkeit, Dir sein neues Credo darzulegen. (Er wird nachdenkend.)

T h o m a s (eintretend). Guten Tag, Herr Stadtrath!
S t a d t r. Ah! Seid Ihr's, Thomas? Nun, habt Ihr Alles besorgt?
T h o m a s. Alles, Herr Stadtrath.
S t a d t r. Was giebt's Neues in der Stadt?
T h o m a s. Neues? — Es giebt kein Dorf im großen deutschen Vaterlande, das jetzt so arm an Neuigkeiten wäre, wie unsere Stadt. Alles spricht nur v o n einem Gegenstande, Alles denkt nur a n einen Gegenstand, Alles lebt nur f ü r einen Gegenstand. Die neue Tragödie des Morgens, die neue Tragödie des Abends; die neue Tragödie in der Werkstätte, die neue Tragödie im Salon. Ich glaube, die Ko= saken könnten bei uns mit hundert Kanonen einrücken, und die erste Frage an sie wäre: Haben Sie die neue Tragödie gehört? — Herr! Das ist mehr als Be= geisterung! Das ist Rausch!
S t a d t r. (auf den Tisch im Hintergrunde deutend). Schenkt dort zwei Gläser von dem Rüdesheimer ein, und bringt sie hierher. (Thomas kommt mit zwei vollen Gläsern auf einem silbernen Telltr.) So! Wenn die Gesellschaft sich versammelt, werdet Ihr in den Hintergrund gedrängt. Leeret daher jetzt Eins mit mir auf den Dichter, der sein Volk begeistert und veredelt!! —
T h o m a s. Er soll leben! Sein Andenken w i r d leben, so lange ein deut= sches Herz schlägt! (Sie trinken.)
S t a d t r. (vertraulich). Nun will ich Euch etwas anvertrauen. Wißt Ihr, wer der Verfasser dieser allgemein bewunderten Tragödie ist?
T h o m a s (lächelnd). Ich glaube, ja!
S t a d t r. Was? — Ihr wißt......
T h o m a s. Daß Herr Julius v. Dahlen der Verfasser der neuen Tragödie ist.
S t a d t r. Woher wißt Ihr das?
T h o m a s. Ja, sehen Sie, Herr Stadtrath, Fräulein Matilde kennt mich länger und besser als Sie; denn S i e haben mich blos als ein altes Inventarstück mit dem Nachlasse des seligen Herrn Schwagers übernommen, das Fräulein aber weiß es, w i e ich die Kinder meines guten Herrn liebe, und wenn ihr Herz voll ist, und sie niemand Anderen hat, so öffnet sie es dem treuen Diener.
S t a d t r. Ihr habt doch nicht ausgeplaudert? denn das soll heute einen Kapitalspaß geben. Der Direktor hat nämlich dieselbe Tragödie vor einigen Monaten zurückgewiesen, und diese Zurückweisung trieb meinen armen Julius in die Welt hinaus. Aber, das Manuskript wurde abgeschrieben und mit einem anderen Titel versehen, und der Direktor weiß noch heute nicht, wer der Verfasser des Stückes ist, welches ihm so volle Kassen eingebracht.
T h o m a s. Auch das weiß ich, und daß kein Anderer als Doktor Fellmann es war, der dies Alles zu Stande gebracht.
S t a d t r. O, der Doktor ist ein famoser Mensch.
T h o m a s. Entschuldigen Sie, Herr Stadtrath. Ich habe noch zwei Gläser gefüllt. — Wollen Sie mir erlauben, auf Dr. Fellmann anzustoßen?
S t a d t r. Gewiß, mein Alter.
T h o m a s (mit zwei vollen Gläsern kommend). Doktor Fellmann, hoch!
S t a d t r. Er lebe!
T h o m a s. Bei dieser Gelegenheit könnten wir auch Fräulein Matilde mit= nehmen.
S t a d t r. Das geht nicht, Freund! Auf Fräulein Matilde darf von heute an nur in Gesellschaft ihres Bräutigams getrunken werden. (Man hört Peitschenknall, der Stadtrath sieht zum Fenster hinaus.) Unsere Gäste kommen. Ich muß noch meine Toilette ändern. Sorgt Ihr für den Empfang der Gäste. (Ab nach rechts.)
T h o m a s (durch die hintere Abtheilung abgehend). Ja, aber wer ist denn der Bräutigam? Gruber oder Fellmann? (ab.)

Gäste versammeln sich allmälig im Hintergrunde, unter diesen Dr. Fellmann, Sparsam, Amalie am Arme führend, und ängstlich herumblickend, Flaum mit Fräulein Gruft am Arme, später Seb. Gruber, Ferd. Gruber, ein Notar, zuletzt Stadtrath Gerhardt mit Matilde v. Dahlen.

Dr. Fellm. (im Vordergrunde zu Sparsam, während Amalie auf einen Wink von Fellmann dessen Arm losläßt und sich zurückzieht). Guten Tag, Herr Sparsam! Es wäre überflüssig, Sie nach Ihrem Befinden zu fragen, denn Sie sehen wirklich ganz verjüngt aus.

Sparsam (mürrisch). Warum sollte ich nicht? — Hab' ich doch in meinem ganzen Leben nie wohler gefühlt. Natürlich, wenn man Euch Aerzten glauben sollte, so müßte man sich das ganze Jahr mit Sal ammoniacum, Opium purum, Chininum sulphuricum und ähnlichem Zeug füttern lassen. Aber an mir habt Ihr einen bösen Kunden. Ich kenne meine Natur, und damit Basta!

Dr. Fellm. Sie haben es also wirklich durchgesetzt, den arzneiwüthigen Doktoren zum Trotz ohne Arznei gesund zu werden?

Sparsam. Gewiß hab' ich, und werd' es auch so machen, bis ich dahin komme, wo der liebe Gott der einzige Doktor, und der Teufel der einzige Apotheker ist.

Dr. Fellm. Haben Sie denn in der letzten Zeit gar nichts an Ihrem Bittern bemerkt?

Sparsam (betroffen). An meinem Bittern? — Nichts Besonderes, als daß die letzte Sendung etwas bitterer schmeckte, als die früheren.

Dr. Fellm. (mit Humor). Sie haben einen ausgezeichneten Geschmack, Herr Sparsam; und hätten Sie v. Dahlens Manuskript nicht durch Flaum kosten lassen, Sie würden mir manche schwere Stunde erspart haben. Diese letzte Sendung Ihres Bittern hab' ich mit schwefelsauerem Chinin, zu Latein: Chininum sulphuricum, versetzt, und dieses Chininum sulphuricum hat das Wunder bewirkt, daß Sie ohne Arznei gesund geworden sind.

Sparsam. Wie? — Sie hätten? — (mit den Blicken den Saal durchsuchend, bei Seite) Wäre sie nur hier! Die wäre dem fürchterlichen Menschen gewachsen.

Dr. Fellm. (bei Seite). Die Konsequenz hat ein Loch. (laut) Suchen Sie Jemanden? (Er nimmt Sparsams Arm und führt ihn nach dem Hintergrunde. Flaum erscheint im Vordergrunde im Gespräch mit Fräulein Gruft.)

Frl. Gruft. Sie haben also auch endlich das Junggesellenleben satt bekommen?

Flaum (vergnügt). Vollkommen satt, mein Fräulein.
Frl. Gruft. Und haben Sie schon gewählt?
Flaum. So halb und halb.
Frl. Gruft. Das „Wen" ist wohl noch ein Geheimniß?
Flaum. Soll aber nicht lange mehr ein Geheimniß bleiben.
Dr. Fellm. (vortretend). Ah! Guten Tag, mein bester Herr Flaum! (Frl. Gruft läßt, sobald sie Fellmann erblickt, Flaums Arm los, verneigt sich vor dem ersteren steif, und geht nach dem Hintergrunde.)

Flaum. Guten Tag, mein bester Herr Doktor!
Dr. Fellm. Mein bester Herr Flaum! Wir sprachen neulich von einem Manuskripte, welches aus der hiesigen Stadtbibliothek verschwunden war. Sie legten damals eine besondere Theilnahme für den Verlust der städtischen Einwohner und der deutschen Nation an den Tag; nun kann ich Ihnen mit frohem Herzen mittheilen, daß der Dieb, „der Heiligthumsschänder, der exemplarisch bestraft zu werden verdient," gefunden ist.

Flaum (verwirrt). Wie, ist es möglich? —
Dr. Fellm. Nicht nur möglich, sondern gewiß.
Flaum (wie oben). Und wer ist es?
Dr. Fellm. Kein anderer, als ein gewisser Possenfabrikant, der seit Jahren auf der hiesigen Bühne Stücke zur Aufführung bringt, die nichts anderes sind, als dramatisch massakrirte Erzählungen des Saul Salinger aus dem siebzehnten Säculo.

Flaum (wie oben). Sie spaßen, Herr Doktor!
Dr. Fellm. Sie Schlimmer! — Sie, der Großmeister des Spaßes, sollten doch Spaß von Ernst unterscheiden können. Sie, mein bester Flaum, haben nicht nur die städtische Einwohnerschaft und die deutsche Nation, sondern auch den längst

verwesten guten Saul Salinger beraubt und verunglimpft, und einen Theil seines hinterlassenen Schatzes „für schnödes Gold verschachert."

Flaum (mit affektirter Fassung). Aber bedenken Sie, Herr Doktor, daß ein Mann von Ehre keinen solchen Verdacht auf sich haften lassen und vor Allem Beweise von Ihnen fordern wird.

Dr. Fellm. Nur keine Entrüstung, mein bester Schaum (Flaum erschrickt bei diesem Namen), wollte sagen: Flaum. — Sie sollten sich überhaupt hüten, in Flammen zu gerathen, denn die Leute behaupten, daß Sie trotz Ihrer Bühnenerfolge (auf seinen Kopf deutend) eine starke Ladung leicht entzündbaren Materials in Ihrem Dachstübchen herumtragen. — Auch wenn ich das Manuskript des wackeren Schwaben nie gelesen hätte, würde ich keinen Augenblick zweifeln, daß (wie oben) dieser kahle Fels nicht der Boden ist, der Früchte von solcher Ueppigkeit, von soviel Saft und Kraft hervorbringen könnte. Nun aber hab' ich es gelesen, und ich bin meiner Sache so gewiß, daß ich blos durch die hiesigen Behörden das Exemplar aus Nürnberg requiriren zu lassen brauche, um aus der Gewißheit eine That zu machen. (gedehnt) Und sind Sie einmal in den Klauen des Gesetzes, so dürfte vielleicht ein Herr aus Agram erscheinen......

Flaum (ihm ängstlich in's Wort fallend). Mein bester Herr Doktor!

Dr. Fellm. Seien Sie unbesorgt! Ich bin zwar ganz Ihrer Meinung, daß derjenige, der dieses Manuskript gestohlen, eine exemplarische Strafe verdient; aber, wenn die Bibliothek an Ihnen einen Dieben gefunden, sollen Sie doch an mir keinen Angeber finden. Sie werden mir noch heute das Manuskript einhändigen, welches ich, ohne Sie zu kompromittiren, der Bibliothek zustellen will, und ich werde dafür sorgen, daß Sie die schönen Sachen des liebenswürdigen Schwaben nie wieder auf die Bühne bringen. Endlich werden Sie einen Antrag von mir anhören, und ihn annehmen, wenn Sie wollen.

Flaum. Befehlen Sie ganz mit mir, mein bester Herr Doktor! Ich will jeden Ihrer Wünsche als ein heiliges Gebot betrachten.

Dr. Fellm. Sie sollen heute mit der Tochter des Direktors verlobt werden?

Flaum (angstvoll). So ist es festgesetzt.

Dr. Fellm. (mit Humor). Da ich es unterlasse, Sie festzusetzen, so darf ich von Ihnen erwarten, daß Sie das unterlassen, was bereits festgesetzt ist. Amalie Sparsam wird nie Ihre Frau. Sie liebt einen Anderen, der gegründetere Ansprüche auf sie hat.

Flaum. Aber, Sie wissen, mein bester Herr Doktor, daß Sparsam nie sein gegebenes Wort zurücknehmen wird, wenn Sie ihm nicht mittheilen, daß......

Dr. Fellm. Daß Sie die Stoffe zu den Stücken gestohlen haben, deren Tantième seine Tochter sein soll. — Da können Sie ruhig schlafen, mein bester Schaum — wollte sagen: Flaum. Den zweihundertjährigen Saul Salinger werde ich Ihnen gewiß nicht zum Nebenbuhler aufstellen. Amalie liebt meinen Freund, Julius v. Dahlen. — (deklamirend) Sein ist sie und ihm gehört sie an!

Flaum (erschrocken). v. Dahlen!!

Dr. Fellm. Julius v. Dahlen. Und Sie, mein bester Flaum werden sehr wohl daran thun, dem Beispiele Ihrer Freundin zu folgen, und das aufzugeben, was für Sie verloren ist.

Flaum (erstaunt). Meiner Freundin!?

Dr. Fellm. Derjenigen, für die Sie einst geschwärmt, und die Sie in hundert Liedern besungen haben.

Flaum (verwirrt). Ich verstehe Sie nicht, Herr Doktor!

Dr. Fellm. Nun, so will ich deutlicher mit Ihnen sprechen. Frau Zandt, die einst den Namen v. Brandt führte, packt wahrscheinlich in diesem Augenblicke schon nach Amerika, wo der Bedarf an deutschen Künstlern immer zunimmt, und die Nachfrage nach frommen Frauenseelen noch nicht abgenommen hat.

Flaum (zerknirscht). Mein Gott! mein Gott! — Und weiß Herr Sparsam schon?

Dr. Fellm. Ich hab' es ihm soeben mitgetheilt. (Flaum steht gebrochen da.) Folgen Sie meinem Rathe, Herr Flaum, und Sie werden sich noch eine schöne, Ihren Fähigkeiten angemessene Stellung sichern; und ich will dafür sorgen, daß Alles im Stillen abgemacht werde.

Flaum. Und dieser Rath ist?

Dr. Fellm. Sie wissen, mein bester Flaum, daß ein Dichter ohne Originalität „einer Speise ohne Salz, einem Weine ohne Blume, einer Blume ohne Duft gleich ist." Ein solcher Dichter sind nun Sie, mein bester Flaum, nachdem Ihr Original in die Bibliothek zurückwandert. Die „Schwänke, Schnurren und Scherze" meines Schwaben sind so voll Kraft und Leben, daß selbst eine Bearbeitung wie die Ihrige sie nicht ganz todtschlagen konnte. Aber diese Quelle ist nun versiegt. Sie müssen sich um eine andere Beschäftigung umsehen, und Ihre Erfahrungen in der Bühnenleitung bieten Ihnen die beste Aussicht. Sie haben seit Jahren mit Sparsams Gouvernante im Bunde gestanden, und in diesem Bunde manchen Streich ausgeführt, den gewisse Leute nicht gerade ehrenhaft nennen würden. Schließen Sie nun ein offenes, ehrliches Bündniß mit ihr, und Sie werden der Familie des Directors genug nahe stehen, um in einer Eigenschaft wirken zu können, die keine Originalität erfordert.

Flaum (sich den Schweiß von der Stirne trocknend). Aber, bedenken Sie, mein bester Doktor, den Spott der Welt, das Gerede der bösen Zungen, wenn ich anstatt der jungen und blühenden Amalie......

Dr. Fellm. (ergänzend). Die etwas ältere und abwärts blühende Gouvernante heirathe! — Sehen Sie sich doch in einem guten Spiegel an, mein bester Flaum, und bedenken Sie, was die Leute von Amalien sagen müßten, wenn sie Sie heirathen sollte. Für den seit zweihundert Jahren begrabenen Saul Salinger ist eine Gruft von vierzig Jahren noch immer eine sehr annehmbare Partie. — Seien Sie vernünftig, mein bester Flaum, und suchen Sie sich das zu sichern, was Ihnen noch bleibt.

Flaum (nach einem schweren Kampfe). Ich will ganz nach Ihrem Willen handeln, und sogleich mit dem Fräulein sprechen. (Fellmanns Hand ergreifend) Ich darf doch auf Ihre Diskretion rechnen?

Dr. Fellm. Ich werde Sie so wenig verrathen, wie Derjenige, den Sie bestohlen haben; und steht einmal das Manuskript wieder in seinem Winkel in der Bibliothek, so können auch Sie zweihundert Jahre vermodert sein, bis ein Kautz wie ich erscheint, um es zu lesen. (Flaum drückt Fellmann noch einmal die Hand, und geht nach dem Hintergrunde, wo er sich mit Fräulein Gruft in ein eifriges Gespräch einläßt. Ferd. Gruber, der mit einem Herrn aus der Gesellschaft gesprochen, verneigt sich vor diesem, und tritt an das Fenster im Vordergrunde.)

Dr. Fellm. Ah! Guten Tag, Herr Gruber!

Ferd. Gruber (sich umdrehend). Guten Tag, Doktor! Wie geht's?

Dr. Fellm. Haben Sie, seitdem wir uns zum letzten Male gesehen, nichts über den Baron v. Kielen erfahren?

Ferd. Gruber (betroffen). Wozu diese Frage? (sich ängstlich umsehend) Und an diesem Orte?

Dr. Fellm. Dieser Ort sollte Sie nur veranlassen, mir kurz zu antworten; denn wir könnten leicht von unwillkommenen Zeugen gehört werden.

Ferd. Gruber (trotzig). Ich habe in Lyon keinen Mann dieses Namens gekannt.

Dr. Fellm. (ihm in's Ohr rufend). Herr Baron! Sie sind ein Roué!

Ferd. Gruber. Wie meinen Sie das?

Dr. Fellm. Verstehen Sie denn nicht Französisch? Sie haben ja sechs Monate in Frankreich gelebt, und zwar mehr gelebt, als ein Anderer in ebensovielen Jahren. Nun, ich will Ihnen in's Deutsche übersetzen: Herr Gruber, Sie sind ein Strolch!

Ferd. Gruber (auffahrend). Mein Herr!

Dr. Fellm. (seinen Arm niederhaltend). Ich bitte, etwas weniger Empörung, und dafür etwas mehr Ueberlegung! Lassen Sie (auf seinen Kopf deutend) den Dampf nicht zu stark in diese Maschine von einer Pferdekraft steigen. Ein Mensch, der eine Matilde v. Dahlen heirathen kann, ohne warm zu werden, sollte über eine Kleinigkeit, wie Auguste Rieder, nicht in Hitze gerathen. (streng) Dieser Baron v. Kielen sind Sie, Herr Gruber! Unter diesem hochklingenden deutschen Namen haben Sie ein deutsches Mädchen in einem fremden Lande betrogen, verführt und verlassen; ein deutsches Mädchen, das allen Künsten des galantesten Volkes der Erde widerstanden hatte. Die Beweise für Ihre Missethat habe ich in Lyon gerichtlich aufnehmen lassen, und Sie beim ersten Zusammentreffen als denselben wiedererkannt, den ich in Frankreich als Baron v. Kielen gesehen.

Ferd. Gruber (leicht). Und was wollen Sie mit dem Allen hier bezwecken?

Dr. Fellm. (ein Papier aus seiner Tasche ziehend). Vor Allem sollen Sie diese Schrift unterzeichnen.
Ferd. Gruber (wie oben). Und diese besagt?
Dr. Fellm. Daß Sie Ihre Scheinheirath mit Auguste Rieder eingestehen, und sich verpflichten, derselben ein Vermögen von zehntausend Thalern hypothekarisch zuzusichern.
Ferd. Gruber. Aber, was denken Sie? Zehntausend Thaler!!
Dr. Fellm. Ich habe bedacht, und gebe Ihnen keine fünf Minuten Zeit. (seine Uhr hervorziehend) Die für die Eröffnung des Festes anberaumte Zeit nahet heran. Ich glaube nicht, daß Sie die Ankunft des Stadteraths abwarten werden, denn, obwohl Matilde v. Dahlen nicht die geringste Spur von Adelsstolz besitzt, so dürfte sie sich doch schwer entschließen, einem Pseudobaron ihre Hand zu geben.
Ferd. Gruber (nach kurzem Kampfe). Geben Sie! (Er nimmt das Papier und unterschreibt.)
Dr. Fellm. (nachdem er die Unterschrift besehen). Nun will ich auch Ihren Vater zur Unterschrift einladen, denn gegenwärtig haben Sie kein Vermögen. Bis dahin schreiben Sie einige Zeilen der Entschuldigung an den Stadtrath. (Gruber will einwenden.) Seien Sie unbesorgt! Ich werde es so einrichten, daß Alles im Stillen abgemacht werde. (Er geht nach dem Hintergrunde.)
Ferd. Gruber (nachdem er einige Zeilen geschrieben, und geschlossen). Verdammter Streich! — Mir ist es zwar Eins: Matilde, Auguste, oder gar keine; aber, was wird die Welt, was wird mein Vater sagen! — Ich muß nur sehen, ihn aus diesem Hause zu bringen. Er ist ein wohlerzogener Vater, und wird seinem Sohne keine Schwierigkeiten machen.
Sebastian Gruber (von Fellmann, der sich ihm im Hintergrunde angeschlossen, am Arme geführt, vortretend). Paperlapap! Sie sind in der ganzen Stadt als Schelm bekannt, Doktor, und wollen gewiß Jemandem einen Possen spielen.
Dr. Fellm. Keine Possen, Herr Gruber! Ich habe soeben Ihren Sohn bewogen, zur Feier seiner Vermählung einen wohlthätigen Zweck zu bedenken, und es erscheint mir wünschenswerth, daß auch Sie Ihre Unterschrift beifügen.
Seb. Gruber. Paperlapa! — Wie ich gesagt habe, ein Possenstreich! Ich kenne meinen Sohn, und der ist nichts weniger, als ein Schwärmer für Wohlthätigkeitszwecke.
Ferd. Gruber. Doch, mein Vater......
Seb. Gruber. Also wirklich? — Nun, das hat schon Deine Braut aus Dir gemacht. Die sieht so aus, als wenn sie alle arme Leute mit Zuckerkuchen füttern wollte. He, he, he, he! Wird schon klüger werden. Geben Sie, Doktor! (will zeichnen.)
Dr. Fellm. Wollen Sie nicht erst lesen? Die Summe ist bedeutend.
Ferd. Gruber. Wozu dieser Zeitverlust?
Seb. Gruber. Hast Recht, mein Junge! Zeit ist Geld; und da man Geld auf Zeit, aber keine Zeit auf Geld bekommen kann, so ist besser Geld verloren als Zeit. (unterschreibend) Mein Sohn hat selten solche Wohlthätigkeitsgrillen, und da muß man bei außerordentlichen Veranlassungen schon ein Auge zudrücken.
Dr. Fellm. (zu dem Notar, den er aus dem Hintergrunde herbeigewinkt). Setzen Sie hier die notarielle Bestätigung hinzu, daß diese Herren vor Ihnen diese Unterschriften als die ihrigen anerkannt haben.
Notar. Meine Herren! Erkennen Sie diese Unterschriften als die Ihrigen an?
Seb. Gruber. } Ja wohl!
Ferd. Gruber. } Ja!
(Die beiden Gruber entfernen sich, Ferdinand eifrig sprechend, und verlassen bald darauf den Saal.)
Stadtrath Gerhardt (Matilde am Arme, durch das Gewächshaus eintretend, und in der Mitte des Saales stehen bleibend). Meine verehrten Gäste! Die für unsere Feier festgesetzte Stunde hat geschlagen, und ich glaube, daß wir in voller Anzahl versammelt sind. Ich kann mit Hamlets Oheim sagen, daß ich dieses Fest mit einem lachenden und einem weinenden Auge begehe. Ich will die Verlobung meiner geliebten Nichte feiern, und ich und sie müssen die Gegenwart des theueren Jünglings, dessen Werth ich erst erkennen sollte, als er das Eigenthum der ganzen deutschen Nation geworden. (Die Gäste drücken ihr Staunen aus.) Sie staunen, meine Damen und Herren! Aber einige Worte werden genügen, mich näher zu erklären. Mein Neffe,

Julius v. Dahlen, ist der Verfasser der neuen Tragödie, welche, von unserem geschätzten Direktor mit so viel Aufwand und Sorgfalt in Szene gesetzt, sich einen so ungeheuern Beifall erworben hat. (Gäste sammeln sich um den Stadtrath, und reichen ihm beglückwünschend die Hand.)

S p a r s a m (in großer Aufregung, bei Seite). Muß ich heute auch noch diese bittere Erfahrung erleben?

Dr. F e l l m. (bei Seite). Die ist doch nicht so bitter, wie Ihr Bitters von der letzten Sendung? — (laut) Fassen Sie Muth, Herr Sparsam, und machen Sie g u t e Miene zum g u t e n Spiel!

S p a r s a m (bei Seite). Sie sind ein Bösewicht! (zum Stadtrath tretend, laut) Hochgeehrter Herr Stadtrath! Unzweifelhhft wissen Sie, und ich scheue mich nicht, es vor dieser geehrten Versammlung auszusprechen, daß Ihr genialer Neffe vor einigen Monaten mit derselben Tragödie von meiner Bühne abgewiesen wurde. Herr Doktor Fellmann, dem wir die Aufführung dieses meisterhaften Werkes verdanken, wird mir bezeugen, daß die Umstände, unter welchen diese Zurückweisung stattfand, nicht unter meiner Kontrolle standen, und ich kann Ihnen bei meiner Ehre versichern, daß, abgesehen von dem materiellen Gewinne, welchen mir dieses Bühnenstück eingebracht, Niemand sich mehr über den Erfolg des H e r r n v. D a h l e n freut, als meine Wenigkeit.

S t a d t r. Ich zweifele nicht an der Aufrichtigkeit Ihrer Worte, Herr Direktor, denn ich habe Sie in unserem langjährigen Umgange stets wahr und ehrenhaft gefunden. (ihm die Hand reichend) Es bleibt mir nur noch, Ihnen für die außerordentliche Mühe und Sorgfalt zu danken, welche Sie der Ausstattung und Aufführung der Tragödie gewidmet haben, und will nun einige Worte über die Tantième sprechen. (Bewegung unter den Gästen.)

S p a r s a m. Bestimmen Sie selbst die Summe, und ich will sie ohne Einwendung......

S t a d t r. Ich verlange viel, Herr Direktor, sehr viel!

S p a r s a m. Ich bleibe ohne Furcht bei meinem Ausspruch.

S t a d t r. Ich verlange Ihr einziges Kind für den Verfasser des großen Werkes. (Sparsam blickt verlegen zur Seite auf Flaum.)

F l a u m (leise). Geniren Sie sich durchaus nicht wegen meiner, Herr Sparsam. (auf Frl. Gruft deutend) Meine Rechte sind bereits abgetreten.

Dr. F e l l m. (von der andern Seite, leise). Das ist die l e t z t e Sendung des Bittern. Nur einen kräftigen Schluck, und es ist vorüber.

S p a r s a m (seine Tochter zum Sadtr. führend). Gehe, mein Kind, zu Deinem zweiten Vater. (Sadtrath und Matilde umarmen Amalie.)

S t a d t r. Nun, Herr Notar! Schreiten Sie zu Ihrem Amte. (sich im Saale umsehend) Aber, wo sind denn die Herren Gruber?

Dr. F e l l m. Die Herren Gruber haben das Haus verlassen, (einen Brief überreichend) und Herr Gruber Sohn hat mir dieses Schreiben übergeben.

S t a d t r. (nachdem er gelesen). Was soll das heißen?

Dr. F e l l m. Ich glaube, der Brief ist deutlich genug; und da Sie ersucht werden, die Erklärung o h n e Motivirung hinzunehmen, so werden Sie die Sache als abgemacht betrachten müssen.

S t a d t r. (entmuthigt). Muß mir gerade jetzt dieser Plan scheitern?

Dr. F e l l m. Besser Pläne scheitern, als Herzen.

A m a l i e. Lieber Herr Papa Nummero Zwei, ich bin die Tochter meines Herrn Papa Nummero Eins, und der ist, wie Sie wissen, Theaterdirektor; ich glaube daher auch etwas in Theaterangelegenheiten d'rin sprechen zu dürfen, und da muß ich Ihnen sagen, daß nach der Aufführung eines neuen Stückes vorerst der Autor seine Tantième bekommt, daß aber dann der Theateragent erscheint, der zwischen dem Autoren und der Direktion vermittelt hat, und der auch seinen wohlverdienten Lohn haben will; und der Theateragent bei der neuen Tragödie war unser lieber Doktor Fellmann, und der soll gewiß nicht leer ausgehen.

S t a d t r. (freundlich). Da müssen Sie mit Ihrem Vater sprechen, liebes Kind.

A m a l i e. Wenn es sich um Geld handelte, würde ich die Adresse schon finden; aber es handelt sich um etwas Aehnliches wie die Tantième. Sehen Sie, mein guter Herr Oheim! Da steht das arme Fräulein, verlassen, verschmäht, mit einem Korbe beschenkt, in dem wir Alle Platz hätten. Ich sehe zwar nicht, daß sie sich die Augen roth weint, aber einen Ersatz m u ß sie haben, und verliebt ist sie in den Doktor nicht minder, wie ich in meinen Julius bin, und.......... und wenn Sie gut Freund mit mir bleiben wollen, so werden Sie nur schnell Ja sagen, und ....und nun bin ich zu Ende.

Stadtr. (zu Matilde). Wie, auch Du Matilde? — Matilde (an seine Brust sinkend). Mein lieber Onkel! Amalie (Fellmann herbeiführend). Und sehen Sie sich Den an, und vergleichen Sie ihn mit dem entpuppten Seidenwurm, der sich soeben davon geschlichen hat. Wie mir Ihre liebe Nichte sagte, war es immer Ihr Wunsch, sie mit einem Industriellen zu verheirathen; nun, seitdem der Doktor Theateragent geworden, gehört er allenfalls zur Klasse der Industrieritter.

Stadtr. Und was haben Sie zu sagen, Doktor?

Dr. Fellm. Es war meine Absicht, die Ankunft meines Freundes abzuwarten, der mein Fürsprecher bei Ihnen sein sollte. Nun hat sich seine Geliebte zu meiner Fürsprecherin aufgeworfen, und ich lese aus Ihren Augen, daß Sie unser Glück besiegeln werden.

Stadtr. Das will und werde ich, so wahr ich Johann Gottfried Gerhardt heiße! (Er legt Fellmanns und Matildens Hände ineinander. Umarmung.)

Flaum (vortretend, zum Stadtr.). Mit Ihrer Erlaubniß als Herr des Hauses, möchte ich Herrn Sparsam bitten, (auf sich und Frl. Gruft deutend) auch unseren neugeschlossenen Bund beifällig aufnehmen zu wollen. — Fräulein Ophelia, meine erklärte Braut, hat sich durch viele Jahre hindurch des Schutzes und der Freundlichkeit des Herrn Direktors erfreut, und sie könnte sich schwer entschließen, ohne seine Einwilligung den wichtigsten Schritt im Leben zu thun.

Amalie (bei Seite, zu Fellmann). Mein Vater hat Recht. Sie sind ein Bösewicht!

Sparsam (der seinen Aerger niederzudrücken sucht). So! — Da sollen Sie sich thurmhoch getäuscht haben, Herr Flaum! — Fräulein Gruft ist längst volljährig, und kann über ihre Person und über ihr Vermögen verfügen nach Belieben; aber ich betrachte nur Den als Mann, der auch Mann seines Wortes ist, und ich werde nie einer anständigen Weibsperson rathen, einen Wetterhahn zu heirathen.

Stadtr. Entschuldigen Sie, Herr Sparsam! Ich finde Herrn Flaums Wahl ganz vernünftig.

Sparsam. Vernünftig wäre sie schon, wenn es kein gestern gegeben hätte, aber...........

Dr. Fellm. (bei Seite zu Sparsam). Das ist die allerletzte Sendung, und es muß Alles im Stillen abgemacht werden.

Sparsam. Ich will nichts davon wissen!...... Doch, kommen Sie her, Fräulein, und geben Sie mir Ihre Hand. (ärgerlich) Ich möchte......daß Sie es gut haben, und........ich will dafür sorgen, daß es Ihnen an nichts fehle, und...... umarmen Sie meine Amalie. (Umarmung zwischen Amalie und Fräulein Gruft. Sparsam trocknet sich die Thränen.)

Podium (der bald nach dem Stadtrath im Hintergrunde erschienen war, und sich zu Thomas gehalten hatte, ohne Verkrümmung, in einfacher Livrée vortretend, und Thomas nach sich ziehend). Die hohen Herrschaften werden wohl zwei alten treuen Dienern erlauben, den glücklichen Brautpaaren, und den nicht minder glücklichen alten Herren recht herzlich zu gratuliren.

Sparsam, Amalie, Flaum und Fräulein Gruft (zugleich). Was? — Podium!!

Podium. Ja, der Podium ist es, der sich zwar von der Bühne zurückgezogen, der aber noch dramatischen Sinn genug besitzt, um sich zu freuen, wenn die Tugend belohnt, und (mit einem höhnischen Blick auf Flaum) das Laster bestraft wird. (Amalie betastet erstaunt Podiums Rücken, und beguckt ihn von allen Seiten.) Sie suchen das kleine Vorwerk da? Das hat mir früher zum Schutz gegen (die Bewegung des Prügelns machend) die strafende Hand mißhandelter Tugend zu dienen pflegen. Seitdem ich unter die ehrlichen Leute gegangen, hab' ich dessen nicht mehr nöthig.

Amalie. Aber, wie bist Du das Ding losgeworden?

Podium. Mit Hilfe der Seelenkunde. Dem Meister, (mit Seitenblicken auf den Stadtrath und Sparsam) der krumm getretene Seelen in die rechte Form zu bringen versteht, kann es natürlich nicht schwer fallen, ein römisches S in eine gerade Linie auszuziehen.

Stadtr. (zum Tische gehend). Meine geehrten Gäste! Füllen Sie Ihre Gläser, und bringen wir ein Hoch dem Meister der Seelenkunde!
Alle (nachdem sie die Gläser gefüllt). Doktor Fellmann, hoch!
Stadtr. Und jetzt zur Tafel! (Alle brechen auf, dem Gewächshause zu.)
Podium. Herr Flaum!
Flaum (sich umdrehend). Was giebt's?
Podium Ich möchte Ihnen etwas zurückerstatten.
Flaum. Zurückerstatten?
Podium. Sie haben mir vor einigen Monaten einen Thaler gegeben. Sie werden sich leicht erinnern können, wann es war, denn es ist nur ein einziges Mal in unserem ganzen Leben geschehen. Es war an einem Morgen, nachdem Herr Sparsam so eine schlimme Nacht verbracht hatte, und Sie mit Frau Zandt kamen, um sich nach dem Befinden des Direktors zu erkundigen. Ich habe das Geld nicht an Ihnen verdient, nicht einmal als Sitzbube. Jetzt bin ich ein ehrlicher Mann geworden, nehmen Sie es zurück. (Er reicht ihm Geld hin.)
Flaum. Gehe Er zum Henker mit seinem Gelde! (Er will gehen.)
Podium (ihn zurückhaltend). Erlauben Sie mir noch eine Frage.
Flaum. Nun?
Podium Kennen Sie die Sprüche Salomonis?
Flaum. Impertinente Frage! (Er will gehen.)
Podium (ihn beim Arme fassend, und bis vor die Lampen führend). Unter diesen Sprüchen ist einer, den ich mir wohl gemerkt habe: (ihm in's Ohr schreiend) Wer einem Andern eine Gruft gräbt, der fällt selbst hinein. (bei Seite, selbstvergnügt) Jetzt hab' ich's auch im Stillen abgemacht! (Beide folgen den Anderen, während der Vorhang fällt.)